KB173504

그래서 오늘 하루는 뭐 하면서 예뻤어?

김지훈 작가의
삼백육십오일 예쁜 말 배우기
D I A R Y

진심의꽃한송이

프롤로그

제가 매일 독자 분들을 위해 썼던 예쁜 말들을 모아서 다이어리 책을 만들었습니다. 저의 글을 좋아해 주신 분들도, 오글거린다고 하셨던 분들도 계셨지만, 저의 예쁜 말을 듣고 하루의 끝에 위로를 얻으신다고 하신 분들을 위해 다이어리로 만들어보면 어떨까, 하고 마음먹게 되었습니다. 맞춤법에 맞지 않는 문장 또한 더러 존재합니다. 그런 글들은 구어적인 표현으로써 생각해주시면 될 것 같습니다. 예쁜 말 배우기라는 페이지를 개설하고, 그 페이지를 아껴주시는 많은 팬들이 생기기까지, 그 모든 시간을 저와 함께해주셨던 모든 분들에게 이 다이어리가 예쁜 선물이 되어주기를 바랍니다.

한 해의 시작을, 한 주의 시작을, 하루의 시작을 예쁜 말로 시작하고 마무리하며, 내가 보냈던 하루의 부정적인 면들에 초점을 맞추기보다 예쁘고 소중했던 점들에 초점을 맞추어 다이어리를 쓰며, 또 연간, 주간, 일간 계획을 짜신다면 더 좋을 것 같다는 생각이 듭니다. 내가 보낸 하루가 서툴고 모자란 점이 있었던 것 같아 속상했던 분들도 계실 것 같습니다. 하지만 그럼에도 불구하고 나의 하루는, 나는, 언제나 소중하고 또 소중하다는 것은 변함이 없다는 걸 잊지 않으셨으면 좋겠습니다. 내가 잘못하고 있다고 여기는 순간에도, 언제나 나는 잘해왔고, 잘하고 있었다는 것을요. 주어진 하루 앞에서 포기하지 않은 채 최선을 다하느라 조금 지치고 예민해지기도 했지만, 그래서 우리의 하루는 기특하고 예쁘기에 충분했다는 것을요.

커플들이 함께 다이어리를 쓰며, 서로에게 예쁜 말을 주고받으며 더욱 예쁜 사랑을 키워갈 수도 있을 것 같습니다. 그렇게 일 년간 서로의 추억을 담은 다이어리를 한 해의 끝에 교환하며 이 세상에서 가장 예쁜 선물을 준다면 그건 또 얼마나 행복이고 사랑일까요. 이 다이어리가 나의 한 해를, 또 사랑을 하고 계신 분들에게는 함께하는 한 해를, 그 모두를 예쁘고 소중하게 물들일 수 있기를 소원해봅니다.

이 다이어리 안에 들어갈 예쁜 말들을 쓰면서, 때로 저 스스로도 조금 부끄럽고 민망할 때가 있었지만, 그럼에도 제 마음 안에서 꿈틀거리는 예쁘고 사랑스러운 감정들을 여과 없이 담아봤습니다. 그래서 주의사항을 몇 가지 소개해드리고자 합니다.

1. 예쁨 주의 : 안 그래도 예쁜데 더 예뻐지는 수가 있습니다.
2. 심쿵 주의 : 때로 심장이 쿵쾅거리고 설레서 밤에 오히려 잠이 안 올 수도 있습니다.
3. 오글거림 주의 : 손발이 오그라들고 부끄러워서 잠시 멍해질 수 있습니다.
4. 병맛 주의 : 새로운 차원의 장르에 빠져 헤어나오지 못할 수도 있습니다.
5. 커플 주의 : 마지막으로 커플들은 서로를 너무 달달하고 예쁘게 사랑하게 될 수도 있으니 조금은 주변 사람들의 눈과 귀도 지켜주시길 바랍니다.

그럼, 부디 이 다이어리가 많은 분들에게 예쁜 하루하루와 그 무엇보다 예쁘고 소중한 한 해를 선물할 수 있기를 진심으로 바랍니다.

지훈 올림.

나의 예쁨을 기록하기 시작한 날.

오늘부터 무조건 예쁘고 소중할 나의 하루하루를 지금, 시작합니다.

첫 번 째 달   두 번 째 달

다 섯 번 째 달   여 섯 번 째 달

아 홉 번 째 달   열 번 째 달

너
를
꼭
닮
은
무
지
예
쁜
한
해
보
내
자

세 번째 달　　　　　　　　　　　　　　　　네 번째 달

일곱번째 달　　　　　　　　　　　　　　　여덟번째 달

열한번째 달　　　　　　　　　　　　　　　열두번째 달

지난해보다 올해 더 예쁘고 소중할 너

귀여운	기특한	예쁜
일 요 일	월 요 일	화

저번 달보다
　이번 달에 더

- 01. 소중해
- 02. 사랑해
- 03. 무지 예뻐
- 04. 좋아해
- 05. 손잡고 싶어
- 06. 기특해
- 07. 보고 싶어
- 08. 귀여워
- 09. 인누와
- 10. 사랑스러워
- 11. 고마워
- 12. 결혼하고 싶어

그래서 오늘 하루는

뭐 하면서 예쁠 계획이야?

소중한   사랑스러운   보고 싶은   손잡고 싶은

수요일	목요일	금요일	토요일

	귀여운	기특한	예쁜
	일요일	월요일	화요일

저번 달보다
　이번 달에 더

- 01. 소중해
- 02. 사랑해
- 03. 무지 예뻐
- 04. 좋아해
- 05. 손잡고 싶어
- 06. 기특해
- 07. 보고 싶어
- 08. 귀여워
- 09. 인누와
- 10. 사랑스러워
- 11. 고마워
- 12. 결혼하고 싶어

그래서 오늘 하루는 뭐 하면서 예쁠 계획이야?

:중한	사랑스러운	보고 싶은	손잡고 싶은
수 요 일	목 요 일	금 요 일	토 요 일

귀여운	기특한	예쁜	
일 요 일	월 요 일	화	

저번 달보다
　이번 달에 더

■ 01. 소중해
■ 02. 사랑해
■ 03. 무지 예뻐
■ 04. 좋아해
■ 05. 손잡고 싶어
■ 06. 기특해
■ 07. 보고 싶어
■ 08. 귀여워
■ 09. 안누와
■ 10. 사랑스러워
■ 11. 고마워
■ 12. 결혼하고 싶어

그래서 오늘 하루는　뭐 하면서 예쁠 계획이야?

소중한　　　　　　　사랑스러운　　　　　　보고 싶은　　　　　　손잡고 싶은

수 요 일	목 요 일	금 요 일	토 요 일

	귀여운	기특한	예쁜
	일 요 일	월 요 일	화 .

저번 달보다
　이번 달에 더

- 01. 소중해
- 02. 사랑해
- 03. 무지 예뻐
- 04. 좋아해
- 05. 손잡고 싶어
- 06. 기특해
- 07. 보고 싶어
- 08. 귀여워
- 09. 인누와
- 10. 사랑스러워
- 11. 고마워
- 12. 결혼하고 싶어

뭐 하면서 예쁠 계획이야?

그래서 오늘 하루는

수 요 일	목 요 일	금 요 일	토 요 일

귀여운		기특한		예쁜	
	일 요 일		월 요 일		화

저번 달보다
　이번 달에 더

■ 01. 소중해
■ 02. 사랑해
■ 03. 무지 예뻐
■ 04. 좋아해
■ 05. 손잡고 싶어
■ 06. 기특해
■ 07. 보고 싶어
■ 08. 귀여워
■ 09. 인누와
■ 10. 사랑스러워
■ 11. 고마워
■ 12. 결혼하고 싶어

그래서 오늘 하루는 뭐 하면서 예쁠 계획이야?

	귀여운	기특한	예쁜
	일 요 일	월 요 일	화

저번 달보다
이번 달에 더

■ 01. 소중해
■ 02. 사랑해
■ 03. 무지 예뻐
■ 04. 좋아해
■ 05. 손잡고 싶어
■ 06. 기특해
■ 07. 보고 싶어
■ 08. 귀여워
■ 09. 인누와
■ 10. 사랑스러워
■ 11. 고마워
■ 12. 결혼하고 싶어

그래서 오늘 하루는 뭐 하면서 예쁠 계획이야?

소중한 　　　　　　사랑스러운 　　　　　　보고 싶은 　　　　　　손잡고 싶은

수 요 일	목 요 일	금 요 일	토 요 일

	귀여운	기특한	예쁜
	일 요 일	월 요 일	화 .

저번 달보다
　이번 달에 더

■ 01. 소중해
■ 02. 사랑해
■ 03. 무지 예뻐
■ 04. 좋아해
■ 05. 손잡고 싶어
■ 06. 기특해
■ 07. 보고 싶어
■ 08. 귀여워
■ 09. 인누와
■ 10. 사랑스러워
■ 11. 고마워
■ 12. 결혼하고 싶어

그래서 오늘 하루는 뭐 하면서 예쁠 계획이야?

소중한   사 랑 스 러 운   보 고 싶 은   손 잡 고 싶 은

수 요 일	목 요 일	금 요 일	토 요 일

| 귀여운 | 기특한 | 예쁜 |
| 일요일 | 월요일 | 화 오 |

저번 달보다
　이번 달에 더

- 01. 소중해
- 02. 사랑해
- 03. 무지 예뻐
- 04. 좋아해
- 05. 손잡고 싶어
- 06. 기특해
- 07. 보고 싶어
- 08. 귀여워
- 09. 인누와
- 10. 사랑스러워
- 11. 고마워
- 12. 결혼하고 싶어

뭐 하면서 예쁠 계획이야?
그래서 오늘 하루는

소중한   사랑스러운   보고 싶은   손잡고 싶은

수요일	목요일	금요일	토요일

귀여운	기특한	예쁜
일요일	월요일	화요

저번 달보다
  이번 달에 더

■ 01. 소중해
■ 02. 사랑해
■ 03. 무지 예뻐
■ 04. 좋아해
■ 05. 손잡고 싶어
■ 06. 기특해
■ 07. 보고 싶어
■ 08. 귀여워
■ 09. 인누와
■ 10. 사랑스러워
■ 11. 고마워
■ 12. 결혼하고 싶어

그래서 오늘 하루는 뭐 하면서 예쁠 계획이야 ?

수 요 일	목 요 일	금 요 일	토 요 일

귀여운	기특한	예쁜
일요일	월요일	화

저번 달보다
　이번 달에 더

- 01. 소중해
- 02. 사랑해
- 03. 무지 예뻐
- 04. 좋아해
- 05. 손잡고 싶어
- 06. 기특해
- 07. 보고 싶어
- 08. 귀여워
- 09. 인누와
- 10. 사랑스러워
- 11. 고마워
- 12. 결혼하고 싶어

뭐 하면서 예쁠 계획이야?

그래서 오늘 하루는

수 요 일	목 요 일	금 요 일	토 요 일

귀여운	기특한	예쁜
일 요 일	월 요 일	화

저번 달보다
이번 달에 더

■ 01. 소중해
■ 02. 사랑해
■ 03. 무지 예뻐
■ 04. 좋아해
■ 05. 손잡고 싶어
■ 06. 기특해
■ 07. 보고 싶어
■ 08. 귀여워
■ 09. 인누와
■ 10. 사랑스러워
■ 11. 고마워
■ 12. 결혼하고 싶어

그래서 오늘 하루는 뭐 하면서 예쁠 계획이야?

중한   사랑스러운   보고 싶은   손잡고 싶은

수 요 일	목 요 일	금 요 일	토 요 일

	귀여운	기특한	예쁜
	일 요 일	월 요 일	화

저번 달보다
　이번 달에 더

■ 01. 소중해
■ 02. 사랑해
■ 03. 무지 예뻐
■ 04. 좋아해
■ 05. 손잡고 싶어
■ 06. 기특해
■ 07. 보고 싶어
■ 08. 귀여워
■ 09. 인누와
■ 10. 사랑스러워
■ 11. 고마워
■ 12. 결혼하고 싶어

뭐 하면서 예쁠 계획이야?

그래서 오늘 하루는

중한   사랑스러운   보고 싶은   손잡고 싶은

수 요 일	목 요 일	금 요 일	토 요 일

지치고 힘든 날이 없었다면
거짓말이겠지만,
그래도 내가 이토록 소중할 수 있었던 건
내게 주어진 삶 앞에서
포기하지 않은 채 나아가느라,
그렇게 최선을 다하느라,
그래서 지치고 아팠던 거라서 그래.

그러니까 나는 네가
조금은 쉬었다 가는 법도 알았으면 좋겠어.
그러기에 충분히 소중했던 하루하루니까.

속상한 일도 많았고 때로 내려놓기가 힘든 원망스러운 일도 있었어. 많이 외롭기도 했고 사람과 세상에게 받은 상처에 아파하기도 했어. 참 많이 무겁고 힘들었지만 그래도 이렇게 잘 견뎌준 너에게 감사해. 기특하고 소중하고 고맙고 예뻐. 내게 일어난 모든 일들이 사실은 언젠가의 나를 있게 해줄 찬란한 선물임을 알기에 돌이켜 충분히 소중했어. 그렇게 나도 모르게 더욱 피어나고 자라난 거야. 그 모든 일들은 더한 만큼 새해에는 더 소중하고 예쁘게 피어날 거야. 꼭.

사랑해.
사랑해.
사랑해.

내가 좀 많이 좋아해.
정말 정말 많이 많이에서 곱하기 무한대 정도 한 만큼,
그걸로도 모자랄 만큼 많이 많이 좋아해.

예쁜 꿈 꿔.
나는 네 꿈 꿀게. 그게 나한텐 가장 예쁜 꿈이니까.

너는 네가 생각하는 것보다 훨씬 소중한 사람이야.
잊지 않았으면 좋겠어. 정말 소중해.

너무 추워서 내복 입어도 춥다.

내복 입는 건 영업비밀이긴 하니까 너만 알고 있어.

아무튼 진짜 너무 추우니까 따뜻한 곳에만 있어.

너 춥게 다니다가 감기 걸리면 진짜 나도 내일부터 내복 안 입을 거야.

진짜... 감기 걸리면... 생각만 해도 너무 슬프고 마음이 아프고 속상해.

그러니까 진짜 따뜻이 다녀야돼.

예뻐. 소중해.
오늘도 내가 많이 좋아하고 아껴.

너 엉덩이 궁디팡팡해줄 수 있는 사람은 세상에 나밖에 없어야 하니까
나 얼음한테 질투하게 하면 안돼. 그러니까 눈길 조심해.

어쩜 너는 매일 그렇게 예뻐. 설레게.

오늘 하루도 예쁘느라 무지 고생 많았어.

오늘 예쁘고 소중했던 만큼, 내일은 꼭 더 예쁘고 소중할 거야.

그렇게 될 수 있게 나도 오늘보다 내일 더 사랑할게.

사랑해.

겨울에는 더 예뻐.
안 그래도 예쁜 네가 진짜 겨울에는 왜 이렇게 너 예뻐 보이지.
사실은... 그냥 어제보다 오늘 더 예뻐 보이는 게 팩트긴 해.
근데 시간이 지나서 겨울이 온 거지. 그게 맞네.

친구들이랑 노는데 배터리가 다 돼서 답장을 못할 것 같은 거야.

그래서 배터리 몇 프로 남았는지 캡처해서 보내줬어.

배터리가 없어서 꺼질 수도 있다면서.

그리고 그 몇 프로 남지 않은 배터리가 꺼질 때까지

내 배터리는 너를 위해서만 썼어.

그리고 충전하자마자 너에게 연락했어.

내 머릿속도, 내 폰 속도 다 너뿐이야. 나, 잘했지.

기특해. 고마워. 소중해. 좋아해. 귀여워. 사랑해. 예뻐.
세상에서 예쁜 말 다 네 꺼야.
예쁜 말만 해줄게.

아 진짜 추워서 걱정돼 죽겠어.

두 손 비벼서 데운 뒤에 너 귀에 대줘야 하고,

손 꼭 잡고 내 주머니에 넣고 다녀야 하고,

하루 종일 안아줘야 하는데, 진짜 너 감기 걸릴까 봐 걱정돼.

나 없어도 따뜻이 잘 다닐 수 있지?

퇴근하고 돌아오면 내가 쓰담쓰담 꼭 안아줄게. 사랑해, 잘 다녀와.

예뻐 예뻐 예뻐 세상에서 네가 젤 예뻐.
적어도 내 눈엔 그래. 이건 세상에서 그 어떤 것보다도 진짜야.

정말, 태어나줘서 고마워.

오늘 하루도 정말 수고 많았어.

하루 종일 세상에서 젤 예쁜 생각인 네 생각하면서 나도 잘 보냈어.

진짜 너무 많이 보고 싶고, 너무 많이 사랑해.

너에게 나 또한 세상에서 젤 예쁜 생각이 될 수 있게 하루하루 더 예쁜 사람이 될게.

사랑해.

치... 답장도 늦고 서운해.
다른 거 할 때는 미리 말해주고 해.
나도 자꾸만 기다리고 서운해하고 속 좁은 사람 되기 싫으니까.
(오늘도 이런 네가 참 귀여워 ...)

보고 싶어.
매일 붙어있고 싶고 매일 예쁘다고 말해주고 싶어.
진짜 결혼하고 싶다.

오늘은 이 말을 꼭 하고 싶었어요. 제가 많이 좋아합니다. 어쩌면 사랑 일지도 모르겠습니다. 거창하고 화려한 말보다 그저 당신이 좋아요. 당신을 좋아해요. 이 말을 꼭 전하고 싶었습니다. 오늘도 당신을 제가 정말 많이 사랑합니다.

(내가 너한테 할 수 있는 가장 최대한의 박력이 존댓말뿐이라서 존댓말 했어. 아껴만 주고 싶어서 박력 있는 모습이 잘 안 나와. 너만 보면 한없이 다정해지는 나니까. 그래도 가끔은 이렇게 섹시 박력 뿜뿜한 나 멋있게 봐줘야 돼.)

일어나자마자 잘 잤어? 라고 물어봐 주는 사람,
그러니까 눈 뜨자마자 내 생각부터 하는 사람,
진짜 너무 좋아. 너 말이야.

추우니까 따뜻이 다녀. 감기 걸리면 진짜 혼나.

누가 이렇게 예쁘게 하고 다니래. 진짜 혼날래? 자꾸 그렇게 예쁘게 하고 다니면 내가 진짜 뽀뽀한다. 그러니까 조심해. 예쁜 게 진짜 얼마나 위험한 건지 모르지. 내가 너를 만나고 있는 시간 동안 단 일 초도 빠짐없이 뽀뽀하고 싶다는 생각만 할 만큼 위험한 거야. 그러니까 조심하고, 그래도 예쁘게 다녀야겠다면 각오하고. 이렇게까지 말했는데도 각오하고 고집부리면 나는... 진짜 고마워.

뭘 해도 예쁜 너는 오늘 하루는 뭐 하면서 예뻤어?

오늘 하루도 이렇게 무지 예쁘느라 정말 수고 많았어.
그런 너를 꼭 닮은 예쁜 밤 보내.
내가 잘 잘 수 있게 옆에서 팔베개해줄게.
진짜 생각만 해도 너무 좋고 너무 설렌다.

벌써부터 보고 싶어.

오늘도 고생 많았지. 진짜 너무 추워서 걱정 많이 했어.
따뜻이 다니라고 그렇게 잔소리를 했으니까 그 부분은 걱정 안해도 되겠지?
추워서 손 차가울까 봐 연락 안했어.
자기 전이니까 예쁜 말 주고받으면서 잠들자. 오늘도 소중했어.
또 깜빡할뻔 했다. 그리고 예뻤어. 예뻐. 예뻐. 사랑해.

치. 왜? 그냥 치야 치. (귀여워 ...)

얼마만큼 사랑하냐고?
그건 내가 말이 아니라 행동으로 보여줘야 하는 부분 같은데...
평생 얼마나 사랑하는지 보여줄게. 네가 얼마만큼 사랑하는지 측정해 봐.
그래 그 말 맞아. 나랑 결혼해!

답답해. 보고 싶어서.

자꾸만 네 생각이 나고 자꾸만 설레고 자꾸만 사랑스럽고 자꾸만 예쁘고.

이 마음 가득 안아주고 싶다. 인누와.

예쁜 너는 그만 좀 예쁘고 잘 자.

진짜 매일이 예쁜 너를
매일 보고 있자니
눈이 부시고 심장이 아파서
가득 안아주고 싶어.
넌 어쩜 그렇게
안 예쁜 것 하나 없이
다 예쁠 수가 있어.
진짜 정말 완전 예뻐.

오늘 하루도 씩씩하게 잘 보내자.

뭘 해도 예쁜 너니까 힘들고 지친 일 많아도

그럼에도 예쁘고 소중한 너라는 것만은 잊지 말자.

정말로 세상에서 가장 소중한 너고, 세상에서 가장 예쁘고 사랑스러운 너니까.

그것만큼은 절대로 변함없을 테니까.

보면 볼수록 어쩜 더 예뻐.

진짜 사기캐다.

오늘따라 더 예쁘다.
내일은 또 얼마나 더 예쁘려고.

추워서 차가워진 네 손을 보면 자꾸만 내 마음이 아파서 네 손 꼭 잡고
내 주머니에 넣어야겠다. 생각만으로 벌써 설렌다. 우리 빨리 손잡자.
인누와.

왜 이렇게 보고 싶어.
네 맘도 내 맘 같았으면 좋겠다. 정말.

예쁜 너는 어쩜 자는 모습까지 예뻐.

오늘도 예쁘게 잘 자.

나는 네가 자는 모습, 조금만 더 지켜보다가 자야지.

너는 정말 예뻐서 가끔 눈 보고 있으면 부끄러워. 잉...

오늘도 내가 많이 사랑해.

예뻐. 소중해. 기특해. 좋아해. 고마워. 사랑해.

오늘 하루도 수고 많았지.
고생한 만큼 소중히, 무지 예쁜 밤 보내. 사랑해.

어쩜 너는 하루 종일 예쁘냐.

귀여워서 자꾸 안아주고 싶어.

오늘 하루는 어땠어? 지금은 뭐해? 누웠어?
자꾸만 네가 궁금해.

예쁜 네가 보내는 늘 똑같은 밤이 예쁜 밤이지 뭐겠어.
그러니까 예쁜 밤 보내. 오늘 너의 이 밤이 소중하기까지 소원할게.
예쁜 건 많지만 소중한 건 너 하나뿐이니까.
그러니까 너를 꼭 닮은 예쁘고 소중한 밤 보내. 잘 자.

초콜렛보다 더 달달하고 예쁜 사랑을 너에게 늘 받고 있고, 또 이런 이벤트 데이와 상관 없이 너와 함께하는 매 순간이 내겐 이벤트 데이이기 때문에 초콜렛 선물은 안해줘도 돼. 정말이야. 네가 내겐 가장 예쁘고 소중하고 달달하고 행복하고 사랑스러운 선물인 걸. 정말 너라는 존재 자체가 내겐 세상에서 가장 큰 선물이자 축복이야. 그러니까 정말 나 기대 안해. 정말이야. 나는 너만 있으면 되는 걸. 내 친구들은 다 받아도 나는 안 받아도 돼. 그러니까 나 기대 안하고 있는다? 정말 기대 안 할 거니까 너무 신경 쓰지 마^^

예쁜 말 하나는 자신 있어.
예쁜 너만 보고 있으면 자꾸 예쁜 말이 나오거든.
그러니까 내 곁에 평생 있어. 그러니까... 결혼하고 싶다고.

피곤한데 자는 게 너무 아쉬워. 눈 감으면 이제 예쁜 너를 못 보잖아.

그러니까 꿈에서도 나 보러 와줘야돼.

그래서 내일은 뭐 하면서 예쁠 계획이야?

오늘 하루도 너무 고생했어. 기특하고 예쁘다.

따뜻이 씻고 이불 꼭 덮고 자.

꼭 너 같은 밤 보내고. 그러니까 세상에서 제일 예쁜 밤.

내일 뭐해. 뭐 할 거 딱히 없으면 나랑 만날래? 이 말을 듣고
할 게 있었지만 할 게 없었던 것처럼 너와의 약속을 잡았어.
네가 나를 좋아하는 것처럼, 나도 너를 좋아하니까.
그렇게 함께하고 싶으니까. 내일을 기다리는 오늘이 참 설렌다 그치.

진짜 궁금한데, 왜 이렇게 예뻐.

오늘 하루도 잘 보냈어?
여전히 예뻤고?

너는 그냥 너인 것만으로 소중하고 예뻐. 늘 잊지 않았으면 해.

넌 정말 소중한 사람이야.

사랑해.

일어나자마자 예뻐.
못났다고 부끄러워하는 모습조차 넘나 귀여워.
결혼하고 싶다. 매일 아침에 내 옆에 네가 있으면 그건 얼마나 행복일까.

오늘 조금 춥네. 인누와. 쓰담쓰담 안아줄게.

이 세상에는 정말 예쁜 게 참 많은데 있잖아...
네가 젤 예뻐.

오늘 하루도 수고해줘서 고마워. 쓰담쓰담, 토닥토닥, 안아주고 싶다.

예쁘게 잘 자요.

예뻐 예뻐 예뻐. 내 눈엔 그냥 다 예뻐.
왜냐면 내가 널 좋아해서.

오늘 하루도 잘 보냈어?

이제 자고 일어나면 새로운 한 주가 시작되네. 벌써부터 부담되지?

그런데 너무 걱정하지 말아. 넌 씩씩하게 잘해낼 거니까.

내가 한 주 힘낼 수 있게 예쁜 말 많이 해줄게. 벌써부터 걱정되기보다 설레지?

자기 전에 카톡하는 거 잊지 말고. 사랑해.

진짜 이렇게 사랑스러운 너와 일 년 365일을 함께한다는 것만으로도 나는 행복해서 심장이 멎을 것만 같은데, 4년에 한 번 일 년이 366일이라니, 진짜 개이득이야. 너를 일 년 동안 365일이 아니라 366일이나 볼 수 있다는 게. 그러니 이 하루 더 생긴 오늘 세상에서 가장 많이 사랑할게. 그리고 이 마음을 내일도, 내일의 내일도, 그렇게 영원히 이어갈게. 매일 오늘보다 내일 더 사랑해. 함께해 줘서 고마워. 공짜로 하루 더 받은 기분이 드는 오늘, 그 소중한 기적과 선물에 내내 감사하며 무엇보다 소중히 여겨야지. 다른 누구도 아니라 너와 함께라서.

진짜 너는 하늘에 사는 사람 같아.
아니면 최소,
천사와 사람의 혼혈이거나.
그게 아니라면
너의 예쁨은 설명이 안 돼.
하루하루가 지날수록
너는 내게 더 예쁘기만 해.
사랑해.

오늘 하루도 예쁘느라 수고했어.
하루 종일 이렇게 예쁘기도 힘들 텐데 진짜 고생 많았고 예뻤고 소중했고 사랑해.

날씨가 왜 자꾸 춥지. 하루 종일 손 잡아주고 안아주고 싶게.
날씨야 아직까지 추워줘서 많이 고마워.

여자는 스트레스 받을 때 맛있는 거 먹으면 기분이가 좋아진다며.

마침 오늘 삼겹살 데이네. 우리 앞치마 입고 삼겹살 맛있게 구워 먹자. 내가 쌈 싸줄게.

이미 삼겹실 집도 알아봐 놨지. 나 진짜 잘했지?

그럼 이따 뽀뽀해줄 거야?

나는 스트레스 받을 때 네가 뽀뽀해주면 기분이가 좋아지더라고.

그러니까 오늘 우리 둘 다 기분이가 좋아지도록 하자!

너는 네가 생각하는 것보다 훨씬 더 예쁘고 소중한 사람이야. 잊지 말아.

그럼에도 네가 잊을 수도 있으니까 내가 늘 기억할 수 있게 말해줄게.

소중해 예뻐 사랑해 세상에서 제일 아껴.

아직까진 따뜻이 다녀.
춥게 다니면 나한테 잔소리 세 번 정도는 들을 각오해.
그게 좋아서 그런 거면 밉지만 너무 귀여워.

네가 나를 좋아하는 것보다 내가 너를 더 많이 좋아해.

아닌데, 내가 더 많이 좋아하는데.

(사랑싸움의 좋은 예)

오늘 하루도 수고 많았지. 고생했어.
넘나 사랑스럽고 예쁘다.

오늘 하루도 씩씩하고 예쁘자.

언제나 소중한 너는 잘 해낼 거야.

그러니까 예쁜 꿈 꾸고 푹 자.

소중해. 기특해. 고마워. 귀여워. 사랑해.

사랑해.
보고 있는 순간에도, 멀리 있는 순간에도 내 머릿속엔 온통 너뿐인걸.
정말 많이 사랑해.

오늘 하루도 아침부터 네 생각해.

얼른 보자. 씩씩하게 잘 다녀와. 내 생각 많이 하고. 사랑해.

사실 하루 종일 집에만 있어도 돼. 너만 내 옆에 있으면.

집에서 배달 음식 시켜 먹고,

영화 보고, 누워서 자고, 하루 종일 이야기 하고, 그래도 돼.

세상 나태하게 서로의 곁에 머무른 채로 서로를 예뻐하고 사랑하고.

무엇보다 나는 사실 너 팔베개해줄 때가 젤 좋거든.

진짜 너무 귀엽고 사랑스럽고 아기 같아서.

그러니까 피곤하면 집에서 쉬어도 돼. 사실 나는 너만 옆에 있으면 다 좋아.

그래서 오늘은 뭐 하면서 예뻤어?

아 그거 하면서 예뻤구나.

오늘 하루도 예쁘느라 진짜 수고 많이 했어.

사랑해.

내 꿈? 너와 결혼하는 거.
그렇게 영원히 예쁜 너를 바라보고 사랑하는 거.
너에게 기쁨이 되어주는 거. 그게 나에게 또한 기쁨이니까.
그러니까 내 행복을 위해 네가 행복했으면 좋겠고,
그래서 너와 영원히 함께하고 싶어. 나랑 결혼해줄래?

뭐 특별한 이벤트 챙기는 거 싫다고 말한 우리 둘이지만, 특별한 너와 함께하게 되니 챙기고 싶은 마음이 자연스럽게 다시 생기는 거 있지. 신기하다 진짜. 너와 함께하고 있는 매 순간이 특별한 날이자 내게 선물이야. 과거에 했던 모든 사랑에 대한 내 감정들이 사랑이 아니었음을 너를 통해 배워가게 돼. 왜냐면 너와 함께하고 난 뒤에 이 세상에서 가장 큰 사랑을 하게 되었고, 그래서 이게 진짜 사랑이구나, 하고 알게 됐거든. 그러니까 진짜 많이 사랑해. 예쁜 사탕 아기처럼 귀엽게 먹는 모습 보면 나 진짜 심장 멎겠다 ㅜㅜ 그러니까 자꾸 너무 귀엽고 사랑스러우면 내가 입술로 혼내줄 거야!

스트레스 받을 때는 맛있는 거 먹으면 풀리는 게 여자라며.

나랑 떡볶이 먹으러 가자. 내가 입술에 묻은 거 닦아줘야지.

그러다 집에 갈 때까지도 조금 묻어있으면 뽀뽀해서 지워줘야지.

스트레스 풀어주겠단 핑계로 맛집 데이트가자고 한 건데,

내가 너무 귀찮게 해서 스트레스 더 받을까 봐 걱정이 되긴 하다.

그래서 조금 소심해져서 머뭇거리면 네가 먼저 뽀뽀해줘야돼.

사랑스러워 죽겠네. 자꾸 귀찮게 하고 싶다.
너무 예뻐서 가만히 둘 수가 없어. 잉 ...

보고싶다. 어디야?
어디든, 딱 기다려.

너는 어쩜 오늘도 예쁘네. 진짜 세상이 다 변해도 네가 예쁜 건 안 변하나 봐. 사실 너가 예뻐서 내가 너를 예뻐하는 거뿐이니까 내가 너를 예뻐하는 마음도 안 변하겠다. 그냥 영원히 예쁜 너를 나는 영원히 예뻐하는 거뿐이니까. 근데 그거 알아? 너는 매일이 어제보다 오늘 더 예쁜 거. 그래서 사실 나도 매일 어제보다 오늘 더 너를 예뻐한다는 거. 그러니까 내가 너를 예뻐하는 마음도 이렇게 매일 변하고 있다는 거. 그러니까 영원히 오늘이 어제보다 더 예쁜 너를 영원히 어제보다 오늘 더 예뻐하고 사랑해.

일어나자마자 보고 싶어.

예쁘기도 예쁜 너는 소중하기까지 하지.
이 세상 그 무엇보다.

오늘 하루도 예쁘느라 무지 수고했어.
푹 자고 예쁜 꿈 꿔. 나는 벌써부터 설레고 있을게.
내일은 오늘보다 더 예쁜 너일 테니까.

　귀여워서 볼 꼬집고 싶어.
　　입술로.

사랑스러워 죽겠어 정말.
궁디팡팡해줘야겠다. 인누와.

예뻐 예뻐 예뻐.
정말 예뻐서 매일 예쁘다고 해주고 싶은데
매일 그러다 보면 네가 예쁘다는 말에 무뎌질까 봐 조금은 참아보려고.
그런데 결국 못 참겠다.
예뻐 예뻐 예뻐.

오늘 하루도 소중하자. 소중해.
소중한 것보다 더 많이 예뻐서 탈이지만.

오늘 하루도 예쁘느라 무지 수고 많았지?
요즘 바쁘다는 핑계로 예쁘다는 말을 많이 못 해줬네.
100번밖에 못 해준 것 같아. 정말 미안해.
오늘 하루도 많이 추웠는데 고생 많았고 따뜻이 잘 자.
늘 예뻐서 말 안 해도 예쁘고 있다고 생각해서 안심했나 봐.
예뻐. 소중해. 고마워. 예쁜 꿈 꿔. (무한재생)

비도 오고 날씨도 추워서 하루 종일 걱정 많이 했어.

사랑해.

일어나자마자 잘 잤어? 라고 물어봐 주는 사람,
그러니까 눈 뜨자마자 내 생각부터 하는 사람 진짜 너무 좋아.
나잖아?

네가 예쁘고 소중한데 이유가 없는 것처럼
내가 너를 좋아하는데도 이유와 조건이 없어. 그냥 무조건이야.
무조건 네가 좋고 무조건 너를 사랑하고 무조건 너여야만 해.
그러니까 무조건 나랑 결혼해.

　　　뭐 하긴. 네 생각하고 있지.
　　　세상에서 젤 예쁜 생각.

이제 봄이라고 방심하지 말고, 아직은 따뜻이 다녀.
그렇게 방심하다가 내가 훅 들어간다.
그러니까 조금은 방심해. 사실은 내가 널 좋아해, 라는 말이 설렐 정도로만.

그저 수고했다고,

기특하다고, 소중하다고,

예쁘고 사랑스럽다고,

그렇게 말해주면서 꽉 안아준다면

내 힘들었던 하루가

얼마나 큰 위로를 받게 될까.

그러니까, 인누와.

예뻐예뻐, 기특기특, 쓰담쓰담,

토닥토닥, 궁디팡팡, 뿜뿜뿜뿜,

쪽쪽쪽쪽(자연스럽게 포함시키기),

내가 다 해줄라니까.

내가 많이 아껴. 소중해. 좋아해. 예뻐.

그냥 네가 좋은 걸 어떡해. 네가 아니면 안 되겠는데.

오늘 하루도 따뜻이 예쁜 하루 보내자. 나 만나는 날이라 예쁘게 다니고 싶은 건 이해하지만 그래도 아직은 추우니 마냥 따뜻하게만 다녔으면 좋겠어. 그래도 나랑 만난다고 예쁘게 하고 오면 그게 또 귀엽고 사랑스럽겠지만, 추울까 봐 밉기도 하니까 내가 안 춥게 손 계속 잡아주고 딱 붙어서 다녀야겠다. 그리고 자주 꽉 안아줄게. 그럼 오늘 하루, 진짜 따뜻이 예쁜 하루 되겠다. 아무리 추운 하루라도 우리 둘이 딱 붙어서 다니면 따뜻하고 예쁜 하루가 될 테니까.
그러니까 떨어지지 말자.

오늘도 사랑스러워. 인누와.

나 진짜 너무 억울하고 답답한 일이 있어서 그런데
욕 한 번만 할게. 진짜 이해해 줘야돼.
진짜 존나 사랑해. 미치게 사랑해. 개예뻐.
(욕했다고 미워하면 안돼...)

기특해. 고마워. 예뻐. 소중해. 사랑해.

잘 자. 예쁜 꿈 꾸고. 자기 전에 조금만 더 카톡하고 자자.
네가 피곤할 수도 있어서 많이는 안 하겠지만 그래도 조금은 하자.
그것도 모자라서 더 아쉬우면 꿈에서도 만나자.

내일은 얼마나 더 예쁘려고 오늘 이렇게 예뻐. 설레게.

하... 진짜 너랑 결혼하고 싶어서 죽을 것 같아.
나 좀 살려줘.

보고 있는데도 자꾸만 보고 싶어서 어떡해.

계속 보고 싶고 볼 꼬집고 싶고 뽀뽀하고 싶다.

그래도 자꾸만 부족해서 심장이가 답답해.

오늘도 진짜 완전 정말 많이, 진짜 완전 정말 많이 사랑해.

오늘은 또 왜 이렇게 예뻐.
어제만큼만 예뻐도 예쁜데 내일은 더 예쁘겠지.
내가 너무 예뻐해주나 보다. 이렇게 자꾸만 더 예뻐지기만 하는 널 보니.

예쁜 하루 보내라고? 그럼 인누와.
세상에서 젤 예쁜 하루 보내려면 너랑 하루를 같이 보내야하거든.
예쁜 너랑 같이 보내는 하루가 세상에서 젤 예쁜 하루니까.
그러니까 데이트하자.

오늘도 잘 자.
너를 꼭 닮은 예쁜 꿈 꾸고. 나는 예쁜 네 꿈 꿀게.

어제보다 오늘 더 예쁘고 오늘보다 내일이 더 예쁘고 소중한 너니까
내일은 오늘보다 훨씬 더 예쁘고 소중할 거야.
그리고 너의 매일이 그런 것처럼 나도 어제보다 오늘 더 사랑할게.

어떻게 눈 뜨자마자 보고 싶냐.

오늘 하루도 예쁜 네 생각하고 네 걱정하고 보고 싶어 하다 보니 하루가 저물었네.

매일을 예쁜 너를 실컷 내 눈에 담으며 그렇게 실컷 행복해야지.

세상에서 가장 예쁜 너를 내 눈에 담는 하루가

세상에서 가장 예쁜 하루니까.

서운해하고 질투해도 괜찮아.

네가 그만큼 나를 특별하게 생각하고 좋아한다는 거니까.

나도 네가 많이 좋아서 적당히 서운해하고 질투할 거거든.

가끔은 적당히가 안 될 때도 있지만 귀엽게 봐줘.

내가 정말 많이 좋아해.

내가 젤 많이 아껴.

넌 진짜 너무 소중한 사람이야. 닳도록 아끼고 사랑할게.

오늘 하루도 많이 예뻤지? 그래서 많이 수고했고.
매일 예쁘기도 힘들 텐데 이렇게 예쁘느라 참 많이 수고했어. 푹 자.
자면서도 예쁘고 꿈에서도 예쁘고 일어나서도 예쁠 너에게.

이 예쁜 봄처럼 너도 내게 와라.
세상에서 가장 예쁜 꽃으로 피어나게 해줄 테니.

좋아하면 뭘 해도 예뻐 보인다던데 요즘 네가 뭘 해도 예뻐 보이는 거 있지.
나 너 좋아하나 봐. 조금 많이 좋아하나 봐.
언제부턴가 네 생각이 많이 나고 네 얼굴만 봐도 심장이 뛰어.
오늘도 예쁘고 내일도 예쁠 네가.

일어나자마자 네 생각해. 벌써부터 보고 싶어.
안되겠다. 결혼하자.

비가 많이 와. 감기 조심하고 비 조심해.

그리고 오늘도 넌 참 예쁘더라.

나는 네가 더 좋아질까 그걸 조심해야겠다.

내가 정말 많이 사랑해.
이 마음이 커서 표현하기가 어렵고 복잡하지만
한 가지 확실한 건 너를 정말 많이 사랑한다는 거야.
그러니까 정말 많이 사, 랑, 해.

오늘 하루도 내가 많이 사랑할게.
내일도. 그렇게 영원히. 약속할게. 새끼손가락 걸자.

오늘 하루는 뭐 하면서 예뻤어?

내 하루는 예쁜 너랑 함께여서 예뻤어.

예쁜 너를 하루 종일 내 눈에 담으며 그 예쁨을 가득 채웠으니까.

너도 나와 함께여서 예쁜 하루였으면 좋겠다.

너에게도 내가 그렇게 될 수 있게 더 많이 웃게 해줘야지.

어제보다 오늘은 더 사랑해.
어제보다 오늘 더 나에게 예쁘고 소중한 너니까.

뭐해.
자꾸만 궁금해. 진짜 자꾸만.

뭘 해도 예쁜 너는 웃을 때가 제일 예뻐.
그러니까 많이 웃어.

아 자기 전에 깜빡 잊을 뻔했다. 오늘도 고생 많았지.
"예뻐." 이 말 해줘야 하는데 잊을 뻔했어.
예뻐 예뻐 예뻐.
그러니까 예쁜 밤, 예쁜 내일 보내. 예쁘게.

사랑은 변한다는 말에
네가 내 마음 안에 있는 이 사랑을
믿지 못한다는 생각에 순간 울컥했지만,
사실 네 말이 맞아.
나는 어제보다 오늘 더,
오늘보다 내일 더,
그렇게 영원에 영원을 더한
그 내일까지도
언제나 너를 더 사랑할 거니까.

그러니까 내 옆에 꼭 붙어있어.
오늘도 어제보다 더 사랑해.

아 진짜 결혼하고 싶네.

오늘은 더 예쁘네. 내일은 또 얼마나 더 예쁠래.

진짜 너무한 거 아니야?

진짜 봄이야. 하늘도 예쁘고, 날씨도 너무 좋아.
여기저기 만개한 꽃처럼 너도 자꾸만 더 예쁘게 피어나.
올해 봄에는 세상 누구보다 따뜻하고 예쁘게 피어나자.
내가 그럴 수 있게 세상에서 젤 예뻐해줄게.

예뻐 예뻐 세상에서 네가 젤 예뻐.

적어도 내 눈엔 그래.

진짜야.

아니 어린이도 아니면서 이렇게 여전히 귀엽고 사랑스러워도 되는 거야?
진짜 아기 같아. 너무 사랑스러워서 매일 안아주고 싶어. 어린이날이라고 들뜬
모습 진짜 너무 사랑스러워서 나 잠시 생각이 없어져버렸어. 그냥 너만 보고 있
으면 아무 생각 없이 너만 바라보게 돼. 너무너무 예쁘고 소중하고 사랑스러워.
그러니까 어린이날 우리 아기랑 같이 맛있는 것도 먹고 손 꼭 잡고 다니며 보내
야지. 늘 씩씩하고 이렇게 소중하고 예쁘게 자라줘서 정말 고마워. 네가 아무리
어른이 되어도, 나에겐 정말 그 누구보다 사랑스럽고 예쁜 아기 천사일 뿐이야.
사랑해.

여기저기 꽃도 피고,
내 앞에는 너도 피어있고,
세상 참 예쁘네.

사랑은 변하는 거라는 말에 너무 화가 나서
응 맞아 사랑은 변하는 거라고 말했어.
너가 변하는 거라고 해놓고 내 말 듣고 서운해하니까
그건 또 너무 귀여워서 사랑한다고 말했고, 사랑이 변하지 왜 안 변해.
이렇게 나는 어제보다 오늘 더 오늘보다 내일 더 너를 사랑하는데.

오늘 어버이날인데 문득 너희 어머니 아버지한테도 정말 감사한 거 있지. 너라는 축복이자 선물을 낳아주시고 이렇게 존재하게 해주시고, 그래서 너라는 예쁨을 내내 내 눈과 마음에 담은 채 내게 행복해졌으니까. 장인 장모님 제가 많이 감사하고 사랑합니다. 평생 이 기적, 선물처럼 여기고 이 세상 무엇보다 아끼고 사랑할게요. 정말 감사하고 사랑합니다. 그리고 이렇게 지금 내 손 꼭 잡은 채 세상에서 가장 예쁘고 사랑스럽게 존재하고 있는 너에게도 고마워. 태어나주고, 이렇게 존재해줘서, 그 무엇보다 소중하고 사랑스럽게 말이야.

네 생각하다 잠들고 일어나자마자 네 생각부터 하고.

날씨가 넘나 좋다. 꽃처럼 예쁜 하루 보내.
아니, 꽃보다 네가 더 예쁘니까, 다시.
너처럼 예쁜 하루 보내.

보고 있는데도 자꾸만 보고 싶어. 잉 ..

오늘 하루도 수고 많았지.

속상한 일도, 뜻대로 되지 않는 일도 있었지만 괜찮아.

그럼에도 포기하지 않고 잘 보내줘서 기특하고 고마워.

그렇게 서툰 오늘을 지나 내일은 더 잘해낼 너니까 오늘도 소중했어.

충분히 소중해. 그런 네가 난 소중하고 예쁘기만 해.

안아주고 싶다. 예쁘게 잘 자.

예쁜 당신을 꼭 닮은 무지 예쁜 밤 보내요.

여자가 꽃 선물에 감동받는 건 꽃 자체 때문이 아니라, 너에게 기쁨이 되기 위해 너를 생각하고, 그렇게 예쁜 꽃을 고르고, 그 정성이 너무 예쁘고 소중해서 감동받는 거라며. 그래서 정말 오래오래 고민해서 예쁜 꽃 사왔어. 너는 로즈데이라고 내게 꽃 선물 안해줘도 돼. 왜냐면 네가 꽃이잖아. 그러니까 오늘은 너라는 데이네. 그래서 사람들이 꽃 구경 가라고 하면 나는 네 생각이 나는 건가 봐. 진짜 그때마다 너 보러 가야겠다. 세상에서 가장 예쁘게 피어있는 너라는 꽃을 보러 말이야. 진짜 너는 늘 이렇게 예쁘게 피어있구나. 앞으로도 지금처럼 내내 소중하고 예쁘게 피어있도록 내가 더 많이 아끼고 사랑할게. 사랑해.

예뻐. 소중해. 사랑해. 정말 많이.
진짜 세상에서 네가 가장 예뻐. 정말 내 눈엔 그런 걸.
내가 사랑하는 만큼 네가 내게 예쁜 거라면
정말 이 세상에서 가장 크고 거대한 감정으로 너를 사랑하는 나인가 봐.
정말 진짜 완전 많이 사랑해.

안 그래도 예쁜데 매일매일 더 예뻐지는 너는 소중하기까지 하지.

예뻐 소중해 사랑해.

새로운 한 주의 시작 많이 무거웠을 텐데 이렇게 잘 견뎌줘서 기특하고 예뻐.
예쁜 꿈 꾸고 잘 자. 자기 전에 카톡하는 거 잊지 말고.

오늘은 왜 더 예뻐.
내일은 또 얼마나 더 예쁘려고.
진짜 너무하게 예쁘네.

이불 꼭 덮고 자.
예쁜 꿈 꾸고. 나는 예쁜 네 꿈 꿀게.

보고 싶으니까 딱 기다려.

지치고 힘든 하루들 안에서도 이것 하나는 늘 잊지 말고 간직했으면 좋겠어.

네가 소중한 사람이라는 거.

넌 정말로 네가 잊지만 않는다면 언제나, 그 누구보다 소중하고 예쁜 사람이야.

오늘 하루도 정말 수고 많았어. 잘 자.

뭘 해도 웃는 너는 웃을 때가 가장 예쁘더라.
그러니까 좀 많이 웃어주라.

자는 모습조차 예쁜 너를 진짜 어떡하면 좋아.

오늘 하루도 씩씩하게 잘 보내자.

날씨가 참 좋아. 날씨도 따뜻해졌겠다, 하늘도 예쁘겠다,

그래서 괜히 외롭다고 아무나 만나지 말고

너만 예뻐해 주고 사랑해 주는 사람 만났으면 좋겠어.

이미 만났다면, 곧 만개할 꽃처럼 예쁜 사랑 잘 지켜나가길 바라.

넌 소중하니까 그 소중함을 지켜주는 사랑해야 돼.

꼭. 나 같은 사람 말이야.

좋아해요, 무엇보다 다정하게.

평생 너랑 같이 있고 싶어.

왜 이렇게 예뻐.
왜 이렇게 사랑스럽고 또 왜 이렇게 소중해.
정말 닳도록 사랑해주고 싶게.

오늘 하루도 씩씩하게 잘 보내자.

저녁에는 내가 맛있는 거 사줄게.

맛있는 거 먹으면서 이야기도 많이 하고 실컷 예쁘고 사랑스럽자.

그러니까 하루가 힘들다면 나 만날 생각으로 예쁘게 잘 버텨보자.

잘 다녀와 (어쩌면 내가 아니라 맛있는 거 먹을 생각으로 버티는 건 아니겠지? ㅠㅠ).

왜 자꾸 귀엽고 그래.
안아주고 싶게.

　　．답답해.
진짜 너 보고 있으면 넘나 예쁘고 사랑스럽고 심장이 뛰는데,
내 이 기분을 표현할 만큼 예쁜 단어가 세상에 없어서 자꾸만 답답해.
이 답답함으로 너를 끌어안고 싶어. 인누와.

자꾸만 귀여워서 어떡해.
쓰담쓰담, 토닥토닥, 궁디팡팡.

대단하게 예쁘다.

어이없게 예쁘다.

황당하게 예쁘다.

진짜 너는 말이 안 되게 예뻐서

너를 보는 매 순간이

대단하고, 어이가 없고,

또 황당하기까지 해.

진짜 어떻게 사람이 이렇게 예뻐.

너, 진짜, 사람 아니다.

(너를 알기 전까지는 사람이 아니다라는 말이

안 좋은 말인 줄만 알았는데,

너를 보니까 진짜 사람이 아니다 정말.)

드라마 보면서 예쁜 연예인들 나오는데 다 너 닮은 거 같아.

다 다르게 생겼는데 다 너랑 닮았어 ...

진짜 나라는 인생 드라마에는 네가 다 여주인공인가 봐.

진짜 예뻐. 네가 제일 예뻐. 사랑해.

아침에 너보다 더 일찍 일어나서 밖에 있는 꽃들 따서 너 머리맡에 놔둬야지.

네가 내 손 안 잡고 그 꽃만 들고 다닐 생각하니까

조금 질투도 나고 서운하기도 한데,

그래도 네가 웃는 모습이 더 많이 보고 싶어.

그러니까 나는 매일 너를 어떻게 웃게 해줄까, 그 생각만 해.

진짜 많이 사랑해.

안 자고 네 생각해. 그렇게 잠에 들면 꿈에서도 네 생각만 하겠지.

진짜 하루 종일 네 생각만 해. 자꾸 보고 싶다. 나 어떡해.

매일 김지훈 작가님 인스타에서 예쁜 말에 너 태그해.
진짜 내가 하고 싶은 말이 다 있네. 작가님 진짜 천잰 듯.
(작가 시선 : 오늘도 기특하군 ... 뿌듯.)

너랑 함께하면 그냥 다 예쁘고 예쁜 하루고 그러니까
이 하루의 모든 게 다 예뻐져.
예쁜 하루 보내게 해줘서 고마워.
그러니까 오늘도 나랑 함께해줘서 고맙다는 말이야.

오늘 하루도 정말 고생 많았지.

속상한 일도 있었고, 욕심에 차지 않기도 했고, 조급한 마음에 실수를 하기도 했지만

그래도 소중한 마음만큼은 잃지 말자.

나는 소중하다고, 고생 많았다고 말해주자.

그러기에 충분했으니까.

정말 네 생각보다 오늘 하루도 넌 무지 소중하고 예뻤어. 잘 자.

사랑해.

그래서 오늘 하루는 뭐 하면서 예뻤는데?

행복이 뭘까, 하고 내게 묻는다면, 나는 그냥 너랑 같이 있는 거.
아무리 곰곰이 생각해 봐도, 그것만큼 내게 행복한 시간이 없더라.
너에게도 그랬으면 좋겠다.
그래서 우리, 평생 행복하자, 라는 말이
결혼해서 평생 알콩달콩 예쁘게 살자, 라는 말이 됐으면 좋겠다.
우리, 평생 행복할래?

오늘 하루도 씩씩하게 잘 보내자.
그런 네가 너무 기특해서 다녀와서는 예쁜 말 가득 꼭 안아줄 테니까.
기대해도 좋아. 그러니까 잘 보내구 와요.

날씨가 좋은 거랑 네가 무슨 상관이길래
자꾸만 네 생각이 나서 설레지.

갑자기 배달 음식 와서 놀랐지.

아프다고 밥도 안 먹고 그렇게 고집부리길래 네가 젤 좋아하는 거 시켰어.

이렇게 잘 먹을 거면서 왜 고집부려. 바보.

고마우면 언능 나아서 나 안아주면서 뽀뽀해 줘.

보고 있는데도 자꾸 보고 싶어서 심장이 아파.

어떡해.

진짜 뭐라고 키스 데이 같은 게 있는 거야. 나는 너랑 키스 같은 거 안 하고 손만 잡고 있어도 설레고 좋은 걸. 괜히 키스 데이라고 설레고 부끄러워하고 민망해하고 우리 그러지 말자. 나는 진짜 안 그래. 정말 나는 키스 데이라고 해서 키스하고 싶다 그런 생각 딱히 안 하고 있는 걸. 그러니까 손만 잡고 다녀도 난 세상 행복한 걸. 만약 내가 키스하고 싶다는 생각이 든다면 그건 키스 데이 때문이 아니라 네가 세상 예쁘고 소중한 탓이니 정말 예쁘고 사랑스러운 눈빛으로 그만 좀 봐주면 안 돼? 나 진짜 그러면... 진짜 키스 생각은 안 하지만 그래도 키스 생각은 안 하지만 키스... 키스... 키스... 헉.

내가 많이 좋아해.
말로 다 표현할 수가 없어서 심장이 답답할 만큼 많이 좋아해.

아침부터 내 생각해주는 사람이 좋다. 잘 잤어? 라고 물어봐 주고 잘 다녀오라고 인사해주는 사람. 중간중간에도 내 하루를 궁금해하고 자기 전에도 내 생각으로 마무리하는 사람. 매일의 마무리가 잘 자, 이며 매일의 시작이 잘 잤어? 인사람. 이 별로 길지도 않은 말들이 나를 얼마나 아끼고 생각해주는지를 느끼게 해주니까. 나를 늘 마음에 담아두고 궁금해하고 생각하고 있다는 거니까. 사랑은 어쩌면 정말 지겹고 단순한 것들 앞에서 익숙해지지 않는 일인지도 모른다. 이제는 그 꾸준함이 좋다. 나를 기다리게 하는 사람보다 먼저 나에게 물어봐주고 나에게 자신의 하루를 이야기 해준다면, 계산하지 않고 사랑할 텐데. 나도 너에게 그런 사람일 테니까. 그래서 자꾸 너랑 결혼하고 싶다는 생각이 드나 봐.

너에겐 매일 고마워. 매일 예뻐줘서.

그리고 하루를 더해갈수록 더 예뻐줘서

사실 어제보다 오늘 더, 오늘보다 내일 더 고마워.

이러다가 나 빚쟁이 되겠다. 평생 고마운 거 갚으면서 살아야겠네.

그치 ... 응 맞아. 또 그 시간이야. 나랑 결혼해!

너는 네가 생각하는 것보다 훨씬 예쁘고 소중한 사람이야.

잊지 말아. 언제나, 영원히.

예쁜 하루 보내라고 해서 너랑 같이 있으려고.
예쁜 너랑 함께하는 하루가 내겐 제일 예쁜 하루니까.
예쁜 하루 보내게 해줘서 고마워.

오늘 하루도 예쁘느라 수고했어. 푹 자고 예쁜 꿈 꿔.
나는 벌써부터 설레고 있을게. 내일은 모든 것이 오늘보다 더 예쁜 너일 테니까.
매일매일 어제보다 오늘이,
오늘보다 내일이 내겐 더 사랑스럽고 예쁘고 소중한 너니까.

많이 힘들고 무겁겠지만,

내가 해줄 수 있는 말이 이 말뿐이라 미안하지만 정말 다 지나갈 거야.

응원해. 소중해. 사랑해. 이렇게 가끔은 깊고 따뜻한 맘으로 위로만 해주고 싶은데,

위로를 해주면서도 자꾸만 네가 예쁘다는 생각하고 있는 내가 참 밉다.

정말 미워. 이런 나라서 미안해.

결국에는 이 말을 안 할 수가 없게 되네. 너 진짜 오늘 너무 예쁘다.

왜 자꾸 예쁘냐.
진짜 걱정이다. 어떻게 이렇게 예쁘지.

귀엽고 사랑스럽고 예쁘고 소중해.
너도 너 자신이 그렇다는 걸 꼭 알았으면 좋겠어.
네가 그걸 모른다면, 알아갈 수 있게 내가 알려줄게.
너를 그렇게 여기고 바라보는 내 눈빛과 마음으로.

시험 치느라 고생 많았지.
결과가 어떻든 최선을 다해서 마음 쓴 것만으로도
기특하고 예뻐서 꼭 안아주고 싶을 정도야.
정말 수고했어. 사랑해.

오늘 하루도 정말 수고 많았어.

기특하고 고맙고 소중해.

예쁜 밤 보내고 내일은 나랑 같이 맛있는 거 먹으면서 예쁘자.

정말 수고했어. 사랑해.

잘 잤어?

할 말이 없어서 안 하는 게 아니라 네가 너무 예뻐서 할 말을 잃은 거야.
자꾸 넋 놓고 바라만 보게 되잖아. 설레게.

소중해. 사랑해. 무지 예뻐. 좋아해. 손잡고 싶어. 기특해. 보고 싶어.

귀여워. 인누와. 사랑스러워. 고마워. 결혼하고 싶어.

진짜 예쁜 말 너 다해. 예쁜 너한테는 예쁜 말만 어울려.

사랑해.

반듯한 마음으로 예쁜 향기를 지닌 사람이 되어야지.
예쁜 네가 나를 지나치지 않게.

요즘 비도 자주 오고 무엇보다 소나기도 갑자기 내리니까
우산 꼭 챙겨 다녀야돼.
예쁜 네가 감기 걸리면 속상해서 내가 더 아파. 그러니까 나 아프게 하지 마.
예쁜 네 얼굴 맨날 보는 것만으로도 충분히 심장이가 아픈 나니까
배려 좀 해주라.

이 세상의 모든
비누 거품을 더한 만큼 사랑해.
이 세상 사람들의
심장박동수를 모두 더한 만큼
너를 보면 심장이 뛰어.
보고 있는데도 보고 싶어서
너를 사랑하는 게 아프기까지 해.
심장이가 막 아파.

그러니까 어떻게 표현해야 할지 모르겠어.
그 어떤 표현도 모자라고 부족해서
그냥 꼭 안아주고 싶어.
딱 네가 터지지 않을 만큼만.
진짜 주머니에 넣고 다니고 싶다.

오늘 하루도 씩씩하게 잘 다녀와.
하루가 많이 힘들겠지만 그럼에도 잘 보내준 네가 기특하고 예뻐서
쓰담쓰담 궁디팡팡 꼭 안아줄 테니까.
그러니까 오늘 하루도 예쁘고 소중하자. 넌 딱 설렐 생각만 하고 다녀오면 돼.

꽃 보러 가라고 해서 너 보러 왔어.

진짜 예쁘게 피어있네.

있잖아.
내가 곰곰이 생각해봤는데 아무래도
네가 이 세상에 그 어떤 것보다도 제일 예쁘고 사랑스럽고 소중한 거 있지.
아무리 생각해봐도 내 눈엔 그래. 사랑하니까.

넌 맨날 기념일 같은 거 챙기지 말자고 하면서, 그런 거 유치하다고 하면서,
내가 챙겨주면 입을 귀에 걸고 다니더라.
쿨한 척 아닌 척하면서도 못 숨기더라.
그럴 때마다 너 진짜 얼마나 귀여운지 너는 모르지?
그 귀여운 모습 보고 싶어서라도 기념일 챙긴다 내가.
진짜 사람이 귀여운데도 정도가 있지,
넌 좀 심하게 많이 사랑스러운 경향이 있어. 적당히가 안되잖아 적당히가.

오늘 하루의 시작, 많이 무겁고 부담스럽겠지만 너는 잘 해낼 거야.
내가 예쁜 말 많이 해줄 테니까 기분 좋게 시작하고 마무리했으면 좋겠다.
소중해. 기특해. 예뻐. 귀여워.
뽀뽀하고 싶어. 안아주고 싶어. 보고 싶어. 손 잡고 싶어.
사랑해.

오늘도 예쁜 하루 보내. 잘 해낼 거야. 너라면 충분히.
해가 지고 밤이 찾아오면 오늘 하루도 이토록 수고해준 너에게
수고했다, 잘했어, 너무 예쁘다, 기특하다, 고맙다, 소중하다, 사랑스럽다,
예쁜 말 가득 꼭 안아줄게.
그러니까 씩씩하게 다녀와요.

넌 정말 예쁘고 소중한 사람이야. 정말.

꽃이 꽃인데 이유가 없는 것처럼 네가 소중하고 예쁜 데에도 이유가 없어.

너는 그냥 너라서 예쁘고 소중한 거야.

나의 너라서.

살쪄도 예쁜데. 배 통통이 만지고 꼬집고 볼도 더 많이 꼬집고.
그냥 난 예쁘고 귀엽기만 한데. 자꾸 거짓말하지 말라고 해서 할 말이 없네.
그럼 내가 너 사랑한다는 말도 거짓말이야?
자꾸 의심하고 안 믿어주니까 더 이상은 안 되겠다 나도. 나랑 결혼하자.

오늘 하루도 수고 많았지.
기특하고 예쁘다. 인누와.

진짜 보고 싶어서 심장이가 막 답답하고 속상한데
중요한 건 지금 너를 보고 있다는 거야.
진짜 보고 있는데도 왜 보고 싶지?

　가만히 있어도 예쁘고, 움직여도 예쁘고, 진짜 뭘 해도 예쁘네.

진짜 너무하네. 너는 내 생각은 좀 안해주냐? 그렇게 예쁜 너랑 같이 있으면서 어?

나는 얼마나 심장이 떨리고 또 얼마나 뽀뽀하고 싶은 거 참아야 하고

또 얼마나 부끄럽고 또 얼마나… 아몰라.

그냥 진짜 너무 사랑해. 오늘도 이렇게 예뻐줘서 정말 많이 고마워.

오늘도 내가 많이 사랑해.
말로 다 표현할 수 없을 만큼 사랑해.
보고 싶다.

월 / 일 / 요일 /

뭐 하긴.
네 생각하지. 세상에서 젤 예쁜 생각.

비 오니까 내가 데리러 갈게.

큰 우산 들고 갈 테니까 손 꼭 잡고 우산 하나로 같이 쓰고 다니자.

꼭 붙어서.

괜찮아, 너는 비 안 맞게 할 테니까.

비 핑계로 이렇게 꼭 붙어있을 수 있다니,

진짜 나는 비 오는 날 싫어했는데, 너 만나고부터 비 오는 날이 젤 좋아.

적당히 예쁘고, 적당히 좀 귀엽자.
왜 넌 뭐든 적당히가 안돼. 설레게.

늘 예쁜 너는 오늘도 예쁘게 잘 자.

오늘도 예쁘느라 무지 수고 많았지? 진짜 고생했어.
하루 종일 예쁘느라, 쉴 틈 없이 예쁘느라, 그렇게 예쁘고 또 예쁘느라.
그러니까 너를 꼭 닮은 무지 예쁜 밤 보내. 사랑해.

너는 진짜 한 번씩 보면 너무 황당하고 당황스러워.

세상에 어떻게 사람이 이렇게 예쁠 수가 있어?

진짜 너라는 예쁨은 어이가 없고 황당함 투성이야.

진짜 사람이 아닌 것 같아. 혹시 하늘에서 살다가 왔어?

내일은 오늘보다 더 소중하고 예쁠 거야.
시간을 더한 만큼 너는 더욱 많은 것을 느끼며 너의 마음을 가득 채워갈 테니까.
늘 응원하고 사랑해.

네 예쁨은 진짜 넘나 심각한 수준이야.
진짜 공포 영화보다 더 심장 떨리고 보고 있자면
너무 부끄러워서 자꾸 못 보게 돼.
그 정도로 예쁜 건 진짜 너무하긴 한데, 그래도 닳도록 예뻐할래.
어차피 어떻게 해도 예쁜 너고,
그 예쁨은 어쩔 수 없는 거니까 세상에서 내가 젤 예뻐할래.

좋아해. 소중해. 많이 고마워.
너와 함께하는 매일이 그래.

네가 내 젤 친한 친군데.

내 이야기 다 할 수 있고, 내가 가장 믿고 의지할 수 있고,

언제나 내 편이라는 생각에 든든하고. 진짜 네가 젤 베프야.

그러면서도 젤 사랑해. 진짜 네가 내 모든 것이 되어가고 있나 봐.

이제 내 삶은 너 없이 설명이 안 돼.

이쯤 됐으면 또 무슨 말 할 거라는 감이 이제 딱 오지?

그래 그 말 하려고 했어. 결혼하자.

요즘엔 맥락도 이유도 없이 결혼하고 싶다.

내 눈에는 네가 세상에서 젤 예쁘고 사랑스러워.

사랑해.

바닷가 가서 너랑 손잡고 모래사장 걷고 싶다.
저 멀리 바다 가리키며 손짓하는 네가 너무 귀여워서 어부바도 해주고,
모래 위에 우리 이름도 새기고,
그 이름 사이에 예쁜 하트도 그리고, 사진도 찍고,
그러니까 우리 조만간 날 잡아서 바다 보러 갈까?

친절하고 다정한 성격이라 많은 사람에게 살갑게 대하는 나지만

질투하지 않아도 돼.

내가 야한 건 너 하나뿐이니까.

진짜 자꾸 예쁠래?

예쁜 네가 내 곁에 있어줘서 내 하루가 이토록 예뻐.

예쁜 너와 함께하는 그 어떤 하루든,

예쁜 너를 내 눈에 담고 바라보고 있다는 것 하나만으로

예쁜 하루가 되기에 충분하니까. 그러니까 함께해줘서 고마워.

나는 이 벅찬 기적을 선물해준 네가 더 예쁠 수 있게

더 예쁘고 다정한 말 많이 해주고 너를 더 소중하게 아낄게.

그렇게 어제보다 너는 더 예뻐지고, 그래서 내 하루가 어제보다 더 예쁜 하루가 되고,

그렇게 우리, 영원히 어제보다 오늘 더 예쁘고 소중하자. 사랑해.

오늘 하루도 수고 많았지.
정말 기특하고 예쁘다.
쓰담쓰담, 토닥토닥, 인누와.

　·오늘 하루도 수고 많았지.

가디건 같은 거 챙겨 다니면서 에어컨 바람 조심해야해.

네가 감기 걸리면 내가더 아파.

그러니까 꼭 따뜻이, 감기 조심하고 잘 자

네가 너를 잘못 챙기니까 내가 너 챙길 거야.

주머니에 넣고 다니고 싶다.

뭘 해도 예쁜 너를 진짜 어떡하면 좋아.
진짜 하늘에서 사는 사람 같아.

이 세상의 모든 형용사보다
네가 더 예쁜 표현이어서
이제는 예쁜, 아름다운, 찬란한,
이런 말 대신에
너를 닮은, 너처럼, 이렇게 쓰기로 했어.
너를 꼭 닮은 무지 예쁜 하루 보내.
오늘도 너처럼 예쁜 밤 보내.
그게 이 세상에서 가장 예쁜 표현이야.
이 세상에서 가장 예쁜 게 너니까.
그리고 조금 뜬금없긴 한데,
손잡고 걷고 싶다.

비 오니까 하루 종일 집에서 같이 놀자.
배달 음식 시켜 먹고, 팔베개하고 누워서 이야기도 많이 하고,
영화도 한 편 같이 보면서,
그렇게 하루 종일 서로의 곁에서 나태하게 사랑하자.
포근하게, 사랑스럽게, 무엇보다 다정하게.

안 자고 네 생각해.

내가 너무 사랑해서 네가 닳까 봐 걱정돼.
진짜 네가 적당히 예쁜 게 안되는 것처럼
나에게는 너를 적당히 예뻐하고 적당히 사랑하는 게 안돼.
정말 불가능하다. 그러니까 오늘도 닳도록 많이 사랑할게. 사랑해.

꽃처럼 예쁜 너는 오늘 하루도 예쁘고 소중하자.
그렇게 내내 어여쁘소서.

나를 좋아한다는 확신을 주는 사람이 좋아.
자꾸 확인하지 않아도 나를 좋아한다는 게 가득 느껴지는 사람.
그러니까 오늘도 많이 좋아해. 좋아하는 티 너무 내서 미안해.
이게 숨길 수도 참을 수도 없네.

어쩜 너는 매일이 어제보다 오늘 더 사랑스럽고 예쁜 거야.
내일은 또 얼마나 예뻐지려고.

눈 뜨자마자 예뻐.
눈 뜨기 전에도 예뻤는데.
씩씩하게 잘 다녀와.

말 예쁘게 하는 사람이 좋아.

함께 있는 것만으로도 기분이가 좋아지게 해주거든.

하루하루 너한테 편지 썼어.

일 년 동안 모아서 너한테 선물해주려고.

우리가 이 날은 뭐 했는지, 이 날은 무슨 일이 있었는

다 기록해두고 평생 같이 보려고. 앞으로 백 년 치는 더 써야해.

무슨 말인지 알지? 응 맞아. 결혼해!

오늘 하루도 너는 너라서 잘 해낼 거야.
그러니까 소중하게, 예쁜 하루 보내자.
응원해.

딱 기다려. 내가 갈게. 어디야.
어디든. 정말 많이 보고 싶어.

많이 더워서 축 처진 네 모습조차 예뻐.
내가 예쁜 말 많이 하고 또 그런 너조차 예뻐하는 이 맘이
너에게 기쁨으로 닿았으면 좋겠다.
너의 하루가 나로 인해 조금 더 예쁘고 소중할 수 있다면 그건 내게도 기쁨이니까.
그러니까 씩씩하게 다녀. 조금 더 웃고.
내게 또한 예쁨과 기쁨을 선물해주고 싶은 너라면.

예쁜 꿈 꿨으면 좋겠어.
이를테면 내 꿈 같은 거. 잘 자.

더운 여름에는 역시 시원한 서점에서 아이스아메리카노 한잔하면서

김지훈 작가님 책 구경하는 게 최고지.

그러니까 같이 서점 데이트하러 가자.

(작가 시점 : 진짜 기특하고 소중하고 예쁘고 둘 사랑 최고로 응원해!)

오늘도 내가 많이 아끼고 사랑해.

잘하고 있고 잘해낼 거야. 늘 내가 응원해.
꼭 소중하다고 말해주고 싶어. 정말 소중해.

자꾸만 보고 싶어서 어떡해. 잉 ..

오늘 하루도 수고 많았지.
많이 더웠는데 정말 잘 보내줘서 기특하고 예뻐.
정말 계속 붙어있고 계속 안아주고 싶었는데
더워서 많이 참은 게 이 정도니까 이해해줘요.
오늘도 많이 소중하고 사랑해.

뭘 해도 예쁜 너는 웃는 모습이 젤 예뻐.
왜냐면 너의 미소는 소중하기까지 하거든.
그러니까 많이 웃어.

오늘 하루도 정말 고생했어.
지치고 힘든 날들이어서 일찍 잠에 드는 너도,
여전히 일이 많아 잠 못 드는 너도,
스트레스를 풀기 위해 신나는 시간을 보내느라 늦게 잘 너도,
모두 수고 많았어. 무지 예쁜 밤 보내.

뭐 하냐고 물으면 아무것도 안 하고 있는 척해.
혹시나 네가 눈치 보면서 이따가 연락한다고 할까 봐.
혹시나 네가 만나자고 할까 봐.
다른 무엇보다 너와 함께하는 시간이 가장 소중한 나니까.

매일이 이렇게 예쁜 너를 진짜 어떡하면 좋지.

오늘 하루의 시작부터 비도 오고 날씨도 안 좋았는데
그럼에도 이렇게 하루를 잘 보내준 네가 얼마나 기특하고 예쁜지 몰라.
고맙고 소중해.
그런 너를 꼭 닮은 무지 예쁜 밤 보내자.

점심 챙겨 먹어.
밥 잘 챙겨 먹는지 수시로 확인할 거야.

어제도 예뻤던 너는 오늘도 예쁘고 내일은 더 예쁘겠지. 잉 ...

8월 하늘에 눈이 온다는 말처럼
내가 너를 이렇게 만나서 사랑한다고 말하고 있는 매 순간이
거짓말 같고, 기적이야.
그러니까 내일이면 이 꿈에서 깰지도 모르니
오늘 더 많이 사랑하고 더 많이 사랑한다고 말해줘야겠다.
너와 함께하는 매일을 그렇게 보내야지.

왜 이렇게 사랑스러워.

인누와.

누가 그렇게 당연한 듯 예쁘래. 예쁜 것도 정도가 있지.
뻔뻔하게 그렇게 예쁜 거 다 티 내고 다니고. 그렇게 자꾸만 뭘 해도 예쁘면 …
아이 참, 진짜 내가 정말 많이 좋아해.

다 예쁜데 더 예쁘고 싶다면 웃으면 돼.
웃는 모습이 젤 예쁜 너니까.

오늘 하루도 씩씩하게 잘 보내자. 아직은 조금 더워서 지치겠지만
넌 언제나 네가 잊지만 않는다면 소중하고 예쁜 사람이니까 잊지 말고,
또 잊지 않게 내가 소중하다고 예쁘다고 많이 말해줄게.

소중해. 예뻐. 사랑해.

그런데 있잖아, 진짜 예뻐.

너는 매일이 예쁘고 또 예뻐서

오늘 하루는 뭐 했어? 보다

오늘 하루는 뭐 하면서 예뻤어? 가 맞아.

그래서, 늘 예쁜 너는

오늘 하루는 뭐 하면서 예뻤어?

오늘도 예쁘느라 참 수고 많았지.

내일은 뭐 하면서 예쁠 계획이야?

그러니까 너라는 예쁨 is 뭔들이야.

왜 이렇게 예뻐하냐고 묻는다면

예쁘니까 예쁘고, 예쁘니까 예쁘지, 라는 말밖에

해줄 말이 없을 만큼 예쁘니까 예쁜 너에게.

진짜 내일은 또 얼마나 예쁘려고 오늘도 이렇게 예뻐.
그런 너를 매일 봐야 하는 내 기분도 좀 생각해줄래? 설레 죽겠네.

오늘 하루도 정말 고생했어.

비가 와서 걱정 많이 했는데, 감기 조심하고 비 조심하고 꼭 우산 챙겨 다녀.

혹시 잊을지 모르니 내가 수시로 물어봐 줄게. 오늘도 많이 사랑해.

죽도록 사랑한다는 말이, 죽을 때까지 사랑한다는 말이었나 봐.

응 맞아. 결혼해!

진짜 어떻게 이렇게 예뻐. 말이 안되잖아.

이렇게 예쁜 것도, 이렇게 예쁜 너의 손을 내가 잡고 있다는 것도.

그러니까 말도 안되게 많이 사랑해야겠다. 진짜 말도 안되게 예쁜 너를.

오늘도 예쁜 하루 보내.
예쁜 네가 보내는 하루가 예쁜 하루니까 무조건 예쁜 하루겠다.
그런 너를 보면서 나도 예쁜 하루 보내야지.

여자는 아기야 여보야 이렇게 불러주면 스트레스가 줄어든대.

그러니까 우리 아기 인누와. 어부바해줄까?

우리 아기 손 잡고 산책 갔다가 우리 아기랑 같이 밥 먹어야지.

아기야 사랑해. 근데 아기야, 여보라고도 불러보고 싶은데, 이 참에 우리 결혼할까?

내가 맨날 여보 여보 하면서 여보 사랑해주면

여보도 하루하루 스트레스도 줄어들고 행복하지 않을까?

그렇게 평생 행복하지 않을까?

사실 나는 우리 여보 얼굴만 봐도 스트레스가 확 사라지긴 하거든. 어때?

넌 웃을 때가 제일 예뻐.
그러니까 좀 많이 웃어주라. 늘 예쁘게.

오늘 하루도 수고 많았어.
오늘 하루도 기특하고 예뻐. 오늘 하루도 내가 많이 사랑해.

너와 함께하는 매일이 바이킹 타는 것 같아.
자꾸만 들었다 났다 들었다 났다 근데 그 와중에 매 순간 떨리고 설레거든.
진짜 자꾸 들었다 났다 하면 내가 진짜 뽀뽀한다.
갑자기 네가 들었다 났다 안해서 내가 들렸다 놓였다 했어.
그러니까 뽀. 나 미워하면 안돼.

밀 해도 예쁜 너는 오늘 하루는 뭐 하면서 예뻤어?

내가 많이 아껴요. 늘 소중하게 당신을 대하고 싶어요.
그렇게 당신이 나와 함께 있는 시간 동안 많은 위로와 사랑을 느꼈으면 좋겠어요.
되도록 오래도록, 어쩌면 영원히.
(오랜만에 존댓말 박력. 근데 전혀 박력이가 안 느껴지네 ㅠㅠ
그래도 나 멋지다고 해줄 거지?)

나 너한테 꽃을 너무 많이 선물해 준다. 오늘도 꽃 샀어.

꽃집 지나갈 때마다 그냥 지나치질 못 하겠어.

진짜 세상 예쁜 꽃들 다 선물해 주고 싶어서…

그냥 너랑 꼭 닮았는데 꼭 너처럼 피어있는데 그걸 어떻게 지나쳐.

사랑해.

오늘도 예쁘고 소중하자.
넌 언제나처럼 예쁘겠지만 오늘은 더 소중하기까지 할 거야.
내가 그럴 수 있게 더 많이 아끼고 사랑할게.
예쁜 말도 많이 해주고, 사랑해.

맨날 안고 다니고 싶어.

일할 때도 너 내 무릎에 앉혀두고 싶고 그냥 맨날 꼭 붙어 있고 싶어.

진짜 너무 귀엽고 사랑스럽고 아기 같아. 난 권태기도 없나 봐.

응 맞아, 결혼해!

지금 힘든 일도, 가슴이 미어질 것 같은 아픔도, 속상함도 모두 다 지나갈 거야.

그 시간들을 지나며 성장한 마음의 반듯함과 반짝이는 빛들,

그 소중한 추억들만을 남긴 채로 정말 다 지나갈 거야.

아, 그리고 네가 예쁘다는 것도 남긴 채로 다 지나갈 거야.

아, 그리고 그런 너를 여전히 예뻐하는 내가 남아있다는 것도 빼고.

그러니까 힘들고 아픈 일들 나랑 두 손 꼭 잡고 잘 이겨내자.

너는 그 순간에도 예쁘고, 나는 그 순간에도 너를 예뻐하고,

그러니까 우린 잘 해낼 거예요, 정말. 너무 걱정하지 말아요.

그런데 있잖아.

오늘 너 정말 눈부실 만큼 예쁜 거 있지. 그래서 제대로 못 보겠었어.

너 눈 보는 게 자꾸 부끄럽고 너무 예뻐서 민망했어. 잉 ...

진짜 넌 매일이 새삼스럽게 예뻐.

이제 곧 너랑 데이트하는 날이다.

정말 너 실컷 볼 수 있겠다. 진짜 얼마나 예쁘고 사랑스러울까.

나, 엄청 기대하고 있는데 다른 약속 있다고 하면 진짜 너무 정말 치야. 치!

보고 싶다. 정말 많이.

내가 너를 사랑한다는 말을 어떻게 표현해야 내 이 마음을 제대로 표현할 수 있을까.

이게 세상에서 가장 어려운 일인 것 같아.

그래서 내가 할 수 있는 거라곤

내 마음을 표현하지 못하는 이 답답함에 미어지는 눈빛으로 너를 바라보고,

그럼에도 답답해서 꼭 끌어안는 것밖에 없어. 그러니까 인누와.

좀 안자.

오늘 하루도 너는 잘해낼 거야.

늘 너 자신을 아껴주고 소중히 여기는 마음만은 잊지 말기.

왜냐면 정말 넌 소중한 사람이니까.

그걸 모르겠다면 알 수 있게 내가 가득 아껴주고 사랑할게.

사랑해.

자기 전에 네 생각하면서 잠들었는데
일어나자마자 네 생각으로 시작하네.
하루 종일 생각해. 보고 싶다. 정말.

귀여워서 볼 꼬집고 싶다.

오늘 하루도 예쁘느라 수고 많았지.
토닥토닥 쓰담쓰담 궁디팡팡 인누와.

월 /   일 /   요일 /

좋아해. 좋아해서 네가 속상하지 않게 자꾸 아껴주고 싶고 소중히 대해주고 싶어.

너 스스로도 네가 얼마나 예쁘고 소중한 사람인지 알 수 있게.

그러니까 이 세상 그 무엇보다도 다정하게 좋아해.

매일 예쁘니까 너무 당연해서 예쁘다는 말 깜빡 잊고 안 하게 되잖아.

너무 당연하고 뻔한 사실이라서.

그러니까 너무 당연한 듯 예쁜 네 잘못도 커.

이리저리 많은 사람들을 둘러보다가 우연찮게 내게 닿아서

나를 좋아한다며 내 마음을 흔들어놓는 가벼움이 아니라

정말 나 한 사람이 좋아서

내게 다가와서 사랑을 고백하는 사람이었으면 좋겠다.

내가 너한테 딱 그래. 그러니까 내 손 꼭 잡아.

너무 예뻐서 자꾸 쳐다보게 돼.

사랑해. 고마워. 예뻐. 소중해. 기특해. 귀여워.
좋아해. 오늘도, 많이.

네가 예쁜 만큼만 예뻐해주는 사람 말고
너의 부족한 부분까지도 예뻐해주는 사람을 만나.
부족한 부분이 없이 다 예쁜 게 너의 가장 큰 문제지만 말이야.

세상에서 젤 예쁜 말이 뭐냐고? 그건 '너'처럼, '너'를 닮은 이라는 말이지.

그 말만 앞에 붙이면 세상 모든 걸 다 세상에서 젤 예쁜 걸로 만들 수 있잖아.

너를 꼭 닮은 예쁜 밤 보내라는 말처럼.

그러니까 나는 '너'보다 더 예쁜 맘으로 너를 사랑해.

내가 얼마나 사랑하는지 이제 좀 감이 오지?

사 랑 해.
고 마 워.
소 중 해.
기 특 해.
예　　 뻐.
귀 여 워.

네 가 젤.

진 짜 로.

완 전 히.

정 말 로.

인 누 와.

뽀 뽀 뽀.

오늘 하루도 예쁘느라 수고했어. 푹 자고 예쁜 꿈 꿔.

나는 벌써부터 설레고 있을게.

내일은 더 예쁜 너일 테니까.

나 힘들다고 응원해줘서 고마워.

근데 응원 안 해줘도 그냥 네가 내 옆에 있어주기만 해도 나는 힘이 나.

그러니까 앞으로도 쭉 내 옆에 있어 줘.

그렇게 예쁜 네 모습들 보며 행복할 수 있게 해줘야 돼.

그러니까 뭘 해도 예쁜 네가 내 옆에서 가만히 예쁘기만 해도

나는 세상에서 가장 행복한 사람인 거야. 정말.

그래서 늘 예쁜 너는 오늘 하루는 뭐 하면서 예뻤는데?

날씨가 넘나 좋아서 네 생각이 나.
아기자기한 손 잡고 예쁜 눈 코 입 얼굴 다 예쁜 너를 마주하고
하루 종일 같이 있고 싶다. 설레게.

소중해.
언제나 넌. 정말로 넌. 영원히 넌.

예뻐. 고마워. 사랑해.
오늘도 수고했어.

문득 네가 꽃 받고 기뻐하면서 예뻤으면 좋겠어서 꽃 배달 보냈어.
그거 받고 너도 나한테 꽃 선물해주고 싶으면 인누와.
우리 집에서 예쁘게 피어있다가 가. 사랑해.

보고 싶어서 심장이가 막 아프다.
나 안 아프게 언능 인누와. 잉...

너랑 같이 장 보러 가니까 꼭 부부 같아서 너무 설레…

응 맞아. 결혼해!

아 이제 너무 눈치 백단인데.

저기요, 진짜 궁금해서 물어보는데 왜 이렇게 예쁘세요?

오늘 하루도 씩씩하게 잘 보내자.
예쁜 네가 지치지 않게 내가 많이 예뻐해 주고 예쁜 말도 많이 해줄게.
힘이 됐으면 좋겠다. 예뻐. 소중해. 사랑해.

오늘도 예뻐줘서 고마워. 많이.

피곤해하는데 자꾸 조금만 더, 조금만 더, 라고 해서 미안해.

막상 자려니까 자꾸 아쉽고 서운한 거 있지.

그러니까 꿈에서 만나자. 잘 자.

진짜 이해가 안 가서 물어보는데요,
사람이 어떻게 진짜 이렇게 예쁠 수가 있어요? 사람 맞으세요?

오늘 하루도 이렇게 수고해준 네가 얼마나 기특하고 예쁜지 몰라.
그러니까 너를 꼭 닮은 예쁜 밤 보내.
그러기에 충분히 소중했어.

영화 보러 갔는데, 나는 자꾸 너만 보게 된다.

네가 영화 보면서 웃는 모습이 나한테는 영화보다 더 재밌고 설레거든.

사실 너 손 잡고 영화 보는 시간이, 너무 다정하고 예뻐서 집중이 잘 안 돼.

그러다가 너랑 눈 마주치면... 진짜... 너무 사랑해.

소중해. 고마워. 좋아해. 수고했어. 사랑해.

아 진짜 오늘도 눈 뜨자마자 보고 싶다.

근데 눈 뜨자마자 네가 내 옆에 있어서 계속 너 보고 있는 중이야.

진짜 뽀뽀하고 싶은데 깰까 봐 참는다. 한 시간만 더 봐야지.

세상에서 너 보는 게 젤 재밌고 예뻐.

그러니까 진짜 결혼하자.

매일 자기 전에도 너 예뻐하고 일어나서도 너 예뻐하고

그렇게 하루의 시작과 끝을 너를 보는 걸로 시작하고 마무리하고 싶어. 잉 ...

좋아해. 오늘보다 내일 더 그럴 것 같아.

내일도 내 예쁜 말들 기대해도 좋아. 니, 설렐 준비 됐나!

진짜 세상에서 네가 젤 예뻐.

왜냐면 내 눈에는 너밖에 안 보이고

너만 보면 모든 세상이 예뻐지고 사랑스러워지거든.

자꾸 설레고 부끄러워서 가끔 보기가 부끄러울 만큼 예뻐.

진짜 젤 예뻐.

오늘 나랑 만나. 같이 있고 싶어. 웅?

너 눈 보고 있으면, 그 눈 안에 있는 내가 보이거든.

진짜 나 너 너 좋아하는 거 많이 참는데, 밀당 진짜 잘하는 줄 알았는데, 한심하더라.

진짜 너무 많이 티 나고 또 티 내네.

어차피 이럴 거 그냥 더 티 내야겠다.

사랑해 사랑해 사랑해.

앗, 뜨거!

아, 너랑 눈 마주쳤네. 얼굴도 심장도 진짜 너무 뜨겁다.

넌 정말 소중한 사람이야.

네가 너 스스로를 그렇지 않다고 여기는 순간에도 넌 언제나 그래.

앞으로는 너 스스로에게도 네가 그런 사람이라고 느껴질 수 있게

내가 더 소중함 가득 바라보고 아껴줄게.

무엇보다 다정하게. 정말 소중해.

수고했다고, 기특하다고, 예쁘다고, 사랑해, 하며 쓰담쓰담 안아줘.
그러면 나 정말 행복할 것 같아!

오늘은 조금 춥다. 그러니까 따뜻이 다녀.

방심하다 감기 걸리면 혼나. 늘 조심해야돼.

나는 네가 오늘보다 더 좋아질까 봐 그걸 조심할게.

방심하다가 너 또한 내가 좋아질지도 모르니까 이건 좀 많이 방심하고.

네가 오늘 하루도 씩씩하게 잘 보낼 수 있게 카톡으로 예쁜 말 많이 보내줄게.
그러니까 오늘 하루도 세상에서 제일 예쁘자.

자기 전에 깜빡하고 예쁘단 말 못 해줄 뻔했다.
예뻐 예뻐 예뻐. 잘 자.

아침에 망가진 모습까지 예뻐해주며 매일 같이 일어나고 싶어.

그러니까 매일 같이 자고 같이 일어나고 싶어.

보고 있어도 보고 싶은 너니까 어떡하겠어.

상상만해도 예쁘다. 이 맘 변하지 말고 잘 지켜나가자.

그리고 서로의 마음이 지켜지고 확신이 생기면 평생 그렇게 같이 살자. 사랑해.

아니 나는 오늘이 할로윈이라고 해서 깜짝 놀랐어. 나는 매일 네가 천사 분장하고 있어서 할로윈이 헷갈렸거든. 그러고 보니 오늘도 천사 분장을 했네. 어떻게 그렇게 분장을 잘해? 신기하다. 나도 좀 가르쳐줘. 어쩜 그렇게 가만히 숨만 쉬고 있어도 천사 같고, 멍하니 가만히 있어도 천사 같고, 음식 먹고 있을 때도 천사 같고, 자고 있을 때도 천사 같고, 걷고 있을 때도 천사 같고, 뭐 이런 천사가 다 있지? 내가 가장 깜짝 놀란 건 사실 오늘이 할로윈이라는 게 아니라 네가 사실은 분장을 안 했다는 말을 들어서야. 그럼 너는 사람이야? 아니면 천사야? 하늘에 사는 사람이 왜 땅에서 살고 있어? 진짜 할로윈 분장이 따로 필요가 없는 너 가성비 최고다. 진짜 세상에서 제일 예쁜 내 천사님, 오늘도 내가 많이 아끼고 사랑해요.

매일 아침 너를 보는 것으로
하루를 시작하고,
매일 밤 너를 보는 것으로
하루를 마무리하고.
그렇게 나는 늘
매일이 예쁜 너를 예뻐하고,
예뻐하면서 내 마음도 예뻐지고,
너를 보며 내 눈도 맑아지고,
나에게 예쁨을 받은 너도
매일 더 예쁘고 소중해지고.
이거 완전 일타쌍피네.
일석이조고, 원 펀치 투강냉이네.
이만한 창조경제가 또 어디 있어.
그러니까 나랑 결혼할래?

그래서 오늘 하루는 뭐 하면서 예뻤는데?

내가 열심히 하루하루를 살아가는 이유 안에도 네가 들어있어.

내 삶의 모든 이유를 이제는 너와 함께하고 있는 거야.

그러니까 너에게 더 좋은 사람이 되기 위해서,

또 가끔은 네가 너의 가족과 친구들에게 나를 말할 때도

더 자신 있게 말할 수 있었으면 좋겠어서 오늘도 열심히 살아가는 거야.

나 진짜 기특하지? 뽀뽀해줘.

오늘 하루도 정말 수고했어.

잘 견뎌줘서 기특하고 고마워.

고생 많았던 만큼, 너를 꼭 닮은 소중하고 무지 예쁜 밤 보내.

이 세상에 예쁜 거 다 너 해.
나는 너라는 예쁨만 있으면 돼.
사랑해.

조금 실수하면 어때. 너무 속상해하지 마.

그런 너의 서툰 모습조차 얼마나 귀엽고 예쁜데. 아마도 넌 모를 거야.

그런 네 모습 볼 때마다 내가 얼마나 사랑스럽고 예뻐하는지.

그래서 내 추억 안에 그런 너의 모습들, 평생 절대 잊지 않으려고 간직하고 있다는 거.

그러니까 괜찮아. 그 어떤 너조차 사랑으로 바라볼 수 있는 내가 있잖아.

그게 너에게 정말 큰 힘이 되어줬으면 좋겠다.

잘 자. 예쁜 꿈 꿔.
너는 꿈에서도 예뻐. 그러니까 나는 네 꿈 꿀게.

이제 오늘 밤 자고 일어나면 또 새로운 하루가 시작되겠다.

벌써부터 많이 무겁고 걱정이 되겠지만 안심해.

내가 예쁜 말 가득해주며 힘이 되어줄 테니까.

나로 인해 충분히 예쁘고 다정한 하루 보낼 수 있을 테니까.

그러니까 벌써부터 걱정하기보다 벌써부터 설렐 준비만 하자. 사랑해.

산소만큼 사랑해.
그러니까 네가 없으면 나는 살지 못할 만큼 사랑해.
나 계속 살았으면 좋겠으면 진짜 나랑 결혼해서
지금처럼 평생 내 옆에 있어줘.

좋아해 좋아해 좋아해 사랑해 사랑해 사랑해.

진짜 끝도 없이 사랑해.

안 자고 뭐해. 자꾸 궁금하다.
그러니까 나는 안 자고 네 생각 중이야. 뭐해 뭐해 뭐해.
귀찮게 해서 미안한데 자꾸 귀찮게 할 수밖에 없을 만큼
네가 너무 보고 싶고 궁금해. 나 미워하면 안 돼.

이벤트 챙겨주고 이런 거에 크게 의미두지 말자고 했지만,

그래도 속으론 은근 기대했지?

그래서 나도 아닌 척 몰래 준비했어. 앞으로도 오래도록 예쁘게 사랑하자.

빼빼로 데이라서 챙겨주는 내가 아니라 평소에 늘 너를 챙기는 나일게.

사랑해 🖤

너 손이 너무 작아서 진짜 너무 귀여워.

발가락도 아기 같아. 잉...

겨울에는 역시 서점에서 따뜻한 커피 한잔하면서
김지훈 작가님 책 구경하는 게 최고지.
그러니까 같이 서점 데이트하러 가자.
(작가 시점 : 무슨 말 할지 이제는 말 안 해도 알겠지? 후훗)

네가 예쁘니까 자꾸 보는데, 나만 너 보고 싶다.
네가 나를 보는 건... 진짜 너무 부끄러워서 눈 못 마주치겠어.

오늘 하루도 예쁘느라, 귀엽고 사랑스러우느라 수고 많았어.

예쁜 꿈 꾸고 자자. 나는 네 꿈 꿀게.

그게, 세상에서 젤 예쁜 꿈이니까. 세상에서 젤 예쁜 네가 나오는 꿈.

왜 이렇게 예쁘게 말하냐고? 진짜 어이없네.

자기가 예쁘게 말할 수밖에 없게 만들었으면서.

네가 예쁘니까 내가 할 말이 예쁜 말밖에 없잖아.

진짜 너무 어이없어서 안되겠다. 오늘은 세상 예쁜 말 다해줘야지.

어, 너 전화 왔다. 여보! (반응이 별로다...) 세요...
여보라고 부르고 싶은데... 잉... 오늘도 실패다.

나 아파. 맨날 너 보고 싶고, 못 보는 날에는 하루 종일 우울하고,

어쩌다가 열까지 나는 거 같아.

자꾸 네 생각이 나고, 네 생각만 하면 너무 설레고 행복해.

네가 이야기하는 모습만 보고 있어도 심장이 두근두근 폭발할 것만 같아.

진짜 나 많이 아파. 너가 자꾸 나를 이렇게 많이 아프게 해.

그러니까 책임져.

오늘 하루도 수고 많았지. 정말 고생했어.

예쁜 밤 보내고 또 다가올 내일에는 오늘보다 더 예쁜 하루 맞이하자.

그러기에 충분히 소중하고 예뻤어.

기특하고 참 많이 고마워요.

내일이 오늘보다 더 예쁘고 소중한 하루가 될 수 있게

나도 너를 오늘보다 더 많이 아끼고 사랑할게.

손잡고 하루 종일 너랑 걸어다니고 싶다.

귀여워 죽겠어 진짜. 예뻐 죽겠어 진짜.

아니... 진짜 죽을 것 같다고. 심장이 언제까지 버틸 수 있을지 이제 나도 모르겠거든.

그러니까 제일 어려운 부탁이긴 한데, 적당히 좀 예쁘고 귀엽자.

안 그러기 힘든 거 아는데도 이렇게 부탁할게

근데 내가 이렇게 부탁해도 넌 진짜 더 예쁘고 귀여울 테니까 어쩔 수 없네.

내가 진짜 죽도록 사랑할게.

왜 자꾸 예쁘다고 하냐고? 진짜 몰라서 물어?

네가 웃으면 나도 웃고, 네가 울면 나도 울고, 네가 아프면 나도 아프고,

그런 거 아니겠어.

그러니까 내가 웃기 위해서 너를 행복하게 해주는 나인 거고.

내가 널 사랑하는 마음은 이런 마음이야.

그리고 다음 말도 뭔지 알지? 응 맞아. 나랑 결혼해!

아무리 생각하고 고민해 봐도, 네가 행복하려면 나랑 결혼하는 게 맞긴 한 거 같아.

내가 행복하려고 해도 그게 맞고. 이건 진짜 인정이다...

(나 혼자만 인정이면 ... 진짜 슬퍼ㅠㅠ)

예쁜 너를 꼭 닮은 예쁜 밤 보내.

나는 네 생각하면서 잠들어야지.

그럼 나도 너를 꼭 닮은 예쁜 밤 보낼 수 있을 테니까. 잘 자.

적당히 좀 예쁘고 적당히 좀 귀여우라고 했다가 오늘은 너한테 한마디 들었어.

그 전에 적당히 좀 사랑하라고, 할 말이 없네.

내가 이기적이었어.

그냥 넌 지금처럼 계속 많이 예쁘고 많이 귀여우면 돼.

왜냐면 나도 너를 적당히 사랑할 자신은 없으니까.

(19금 주의) 뭐 먹고 싶냐고?

나는... 여보 먹고 싶은데. 헉...

진짜 춥지. 진짜 진짜 따뜻이 다녀야돼.

그럴 자신 없으면 내 품에 꼭 안겨 있든가. 귀엽게.

맞아, 날도 추운데 그냥 우리 이렇게 매일 붙어있자.

안 그래도 보고 싶었거든. 안 보고 싶은 순간이 없긴 해서 문젠데.

아무튼 날씨 핑계로 같이 있고 싶으니까 인누와.

예쁜 꿈 꿨으면 좋겠어.
이를테면 내 꿈 같은 거. 잘 자.

미안하다는 말도 잘하는 사람이 되고 싶어.

내가 옳다고 고집부리기보다, 너가 서운해한다는 사실 하나에 미안해할 줄도 아는 사람.

그럼 우리가 덜 싸우게 될 거고,

서로 더 잘 들어주면서 더 행복한 시간들 보낼 수 있을 테니까.

그러니까 너는 내가 평생 꺾지 못한 이 고집까지도 내려놓게 만드는 사람이야.

고마워. 정말 많이 사랑해.

첫눈은 꼭 너랑 보러 가야지.

눈 위에 너 이름 내 이름 적고 하트도 그리고 사진도 찍고, 눈 사람도 만들고.

너무 좋다. 그치.

오늘 하루도 속상한 일 없었다면 거짓말이겠지만
내 하루가 그럼에도 이렇게 예쁠 수 있었던 건
예쁜 너와 함께했기 때문이야.
예쁜 너와 연락하고, 예쁜 너를 생각하고,
예쁜 너를 바라보고, 예쁜 네 손잡고.
그래서 내 하루가 너라는 예쁨으로 물들었어.
그러니까 예쁜 하루 보내라는 말은
너랑 함께 하루를 보내라는 말이니까
책임지지 못할 거라면 함부로 하지 말아.
그래도 해야겠다면 진짜 고마워서
네가 더 예쁜 사람이 될 수 있게
세상에서 젤 예쁜 말 많이 해주고 내내 예뻐해줄게.

그렇게 네가 나와 함께하는 순간에 젤 예쁜 네가 되면
너와 함께하는 내 하루도 세상에서 젤 예쁜 하루가 돼.
그러니까 진짜 오늘 뭐해? 잉...

넌 눈도 예쁘고 코도 예쁘고 입술도 예쁘고
얼굴형도 예쁘고 머리카락도 예쁘고 눈썹도 예쁘고
안 예쁜 게 뭐야? 아니 진짜 궁금해서 물어보는 거야.

친구랑 놀러가서도 나한테 꼬박 연락해줘서 기특해.

내가 걱정하고 질투할까 봐 신경써주는 네가 참 고마워.

근데 있잖아, 사실 나 질투쟁이라서 네가 나랑 안 놀고 친구랑 노는 것만으로도 질투해.

그래서 친구랑 같이 맛있는 거 먹는 사진 보내주면

어, 친구랑 건전하게 놀고 있구나, 가 아니라 나랑 안 먹고. 라고 하면서 서운해지는 거야.

사실은 그런데 너가 속 좁다고 나 미워할까 봐 아닌 척 쿨한 척 했어.

이런 나도 귀여워해줘야 돼. 사랑해.

추우니까 참 좋다.
네가 내 손 더 꽉 잡고 나 안을 때도 더 꽉 안고 나한테 붙어 있을 때도 더 꽉 붙어 있어서.
진짜 추운 거 싫었는데 이제 추운 거 너무 좋다.
겨울아 추위야 정말 고마워.

오늘은 진짜 너무 많이 보고 싶네.
중요한 건 네가 내 눈앞에 있다는 사실인데,
나는 그런데도 왜 진짜 이렇게 네가 보고 싶을까.

오늘은 나랑 함께하면서 예쁘자.
내가 세상에서 젤 예쁜 하루가 될 수 있게
세상에서 젤 예뻐해주며 세상에서 젤 예쁜 말들 가득 해줘야지.
벌써부터 설렌다. 사랑해.

어떻게 눈 뜨자마자 보고 싶냐.
눈 뜨기 전에는 네 꿈 꾸느라 괜찮았는데, 언능 인누와.

매일 보는 너인데,
꼭 그중에 어떤 날은 너무 부끄러워서 눈을 잘 못 마주치겠어.
넌 나 만날 때 화장하면 안되겠다.
생얼도 보기 부끄러운데 화장까지 하니까 더 못 보겠잖아...
진짜 눈부시게 예쁘다.

예쁨이라는 미스트 매일 뿌리고 다니는 거 아니야.

진짜 촉촉하게 예쁘네. 촉촉하게 예쁘고 눈부시게 예쁘고 그냥 예쁜 거 너 다 해.

네가 가는 곳마다 예쁨이라는 습도가 높아져서 어딜 가나 예쁨으로 촉촉하다.

그래서 건조한 내 맘에 이렇게 너라는 예쁨이 가득 흘러넘쳐.

나까지 촉촉하게 해줘서 고마워. 사랑해.

내가 추울까 봐 걱정해주고 자꾸 신경 써주는 눈빛이 참 예쁘고 다정해.
많이 고맙고 많이 좋아해. 그러니까 손 꼭 잡아주라.
따뜻하게, 설레게, 사랑스럽게.

솔직히, 세상에서 네가 젤 예쁜 건 사실인 거 같아.

아무리 생각해도… 그건 맞아.

아무리 아무리 생각해도… 이건 팩트긴 해.

너 이름으로만 저장해뒀다고 서운해하는 모습 진짜 너무 귀여워 죽겠어.

근데 너도 나를 이름으로만 저장해뒀더라? 그건 좀 서운하긴 한데...

아니 좀 많이 서운하긴 하네. 안되겠다.

세상에서 제일 특이하고 젤 예쁜 걸로 저장해둬야겠다.

너는 진짜 이런 서운함까지도 나에게 가르쳐주는 사람이구나.

이런 게 정말 서로에게 특별한 사람이 되어간다는 거구나.

응, 맞아. 결혼하자. (난 진짜 지치지도 않는다 그치 ㅎㅎ)

평생 너를 행복하게 해주겠다고 약속해.
자, 도장 찍자. 인누와. 쪽. (입술 도장)

오늘은 예쁘다는 말보다 아름답다는 말이 해주고 싶어.
진짜 너무 아름답다. 아름다워서 빛이 나. 세상에서 네가 젤 아름다워.
저 달보다 별보다 해보다 구름보다도 네가 더 아름다워.

안 자고 뭐 하긴. 네 생각하지.
세상에서 젤 예쁜 생각.

우산 챙겨 다녀.
비 조심, 눈 조심, 감기 조심, 차 조심해.
나는 네가 좋아질까, 그걸 조심할게. 벌써 좋아하게 돼버렸지만.

제발 나랑 결혼해주세요. 평생 행복하게 해줄게요. 결혼하면 다 변한다는 말이 거짓말이라는 걸 내가 진짜 가르쳐줄게요. 왜냐면 평생 너만 보고 너만 예뻐할 수밖에 없는 게 네가 예쁘니까 너를 볼 수밖에 없고 네가 예쁘니까 예뻐할 수밖에 없는 거잖아요. 너무 당연한 일이라서 사실 나에겐 어렵지도 않아요. 결혼하면 신발장에 신발 앞으로 넣니 뒤로 넣니로 싸운다는데 나는 네가 행복한 게 나의 행복인 사람이니까 당연히 그런 걸로 싸우지 않을 거예요. 두 손 꼭 잡고 걸어 다니며 여전히 사랑해요, 라고 말하는 노부부처럼 우리도 그렇게 늙을 수 있을 거예요. 너무나도 당연한 일이에요. 하루하루를 더해 서로의 추억을 더 많이 만들어가면서 더 특별해지는 건데, 어떻게 함께하는 시간이 더 소중하지 않을 수가 있겠어요. 그러니까 결혼해요. 평생 나랑 같이 살아요. 네가 나로 인해 행복하지 않은 순간에도 나는 당신을 미워하기보다 당신을 더 사랑할 테니까. 그렇게 꼭 당신을 행복하게 해줄 테니까.

소중해. 예뻐. 좋아해.

오늘도 어제보다 더 사랑해.

오늘 하루도 잘 보냈어?

많이 추웠는데 추워하는 네가 나는 너무 귀엽고 사랑스럽고 예뻤어.

그리고 추위를 핑계로 손도 잡고 안아줄 수도 있어서 좋았어.

내가 없을 때는 따뜻하고 내가 있을 땐 조금은 추웠으면 좋겠다.

참고로 난 내복 입고 있어. 영업비밀이었는데 이제 너는 아니까 상관없겠지 ㅎㅎ

오늘도 잘 자고 예쁜 꿈 꿔. 사랑해.

크리스마스 때 당연히 약속 비워뒀지?
당연히 당연히 비워뒀지?
당연히 당연히 나랑 데이트하는 거 맞지?
아니기만해 봐 진짜.

시험 기간이라 넘나 고생이 많지?
결과가 어떻든 최선을 다하고 있는 것만으로 내겐 기특하고 소중해.
다 마무리한 뒤에는 우리, 신나게 예쁘자.
내가 더 많이 예뻐해주고 아껴주고 사랑해줄게.
뭐 먹으면서 예쁠지나 미리 생각하고 있어. 사랑해.

내가 선물해 준 장갑, 나랑 있을 땐 절대 안 들고 다니더라.

내 손이 너 장갑이야? 진짜... 그래도 선물인데...

넌 진짜 예쁘고 고마운 짓밖에 안 하구나?

어떻게 내가 이런 너를 안 예뻐할 수가 있겠어.

세상에 다른 건 다 알아도 널 예뻐하지 않는 방법은 도무지 진짜 모르겠다.

모든 사람에게 다정해도 난 너한테만 야해.

그러니까 너무 걱정 안 했으면 좋겠어.

원래 좋은 사람은 모든 사람에게 친절한 법이니까.

나는 좋은 사람이고 싶고, 그래서 너에게도 더 좋은 사람이 되고 싶어서 노력하는 거야.

더 예쁜 마음을 가진 사람이 되기 위해서.

그게 질투가 나는 너라면, 그건 진짜 너무 귀엽다...

안 되겠다. 오늘도 너한테만 야해야겠다.

예쁜 너처럼 무지 예쁜 크리스마스 보내.
미리 메리 크리스마스. 뭐, 쿨한 척하면서 이 정도만 말하긴 했는데,
내일 당연히 당연히 당연한 거 맞지? 크리스마스잖아. 그치?
당연히 당연히 함께하는 거잖아. 그치?

예쁜 너를 꼭 닮은 예쁜 크리스마스 보내.
나는 너랑 있으면 되겠다. 예쁜 너랑 함께하면
그게 나에게는 세상에서 젤 예쁜 크리스마스니까. 사랑해.
(사실 이미 함께 있어서 더 예쁜 말들은 직접 해줄 거야. 설렐 준비 단단히 해.)

뭔가 너는 스키 말고 썰매 타야할 것 같아. 내가 뒤에서 너 안아주고.
뭔가... 너무 아기 같아서 그래야 할 거 같아.

오늘 하루도 수고 많았지? 길이 미끄러웠는데, 넘어지면 안돼.

맨날 멍들어있고, 왜 그렇냐고 물어보면 어디서 그랬는지 모르겠다고 그러고. 미워.

얼마나 속상하면서 또 귀엽고 예쁜지 몰라.

그래도 조심해.

나도 늘 조심할 수 있게 전화도 하고 카톡도 할 테니까. 약속.

이제 한해가 다 끝나간다는 게 실감이 난다.

그리고 우리가 그 시간 동안 함께하며 정말 많은 추억들을 쌓았다는 것도.

비록 서로가 서로에게 안 맞아 토라지기도 하고 칭얼거리기도 하는 시간들이었지만,

우리는 그 작은 다툼보다도 서로를 더 사랑했고, 그래서 지금까지 이렇게 두 손 꼭 잡고 있어.

그게 얼마나 소중한 일인지, 그 모든 일을 지나서

네가 나에게 얼마나 더 소중한 사람이 되었는지 새삼스레 느끼고 감동받는다.

진짜 앞으로도 늘 함께하자.

내가 무슨 말 할지 이제는 정말 알 것 같으니까 여기까지만 할게. 정말 많이 사랑해.

진짜 완전 너무 제일 가장, 진짜 완전 너무 제일 가장,
진짜 완전 너무 제일 가장 예뻐.
네가 젤 예뻐.

일 년 동안 하루도 빠짐없이 예쁘기고 힘든데,

거의 일 년 동안 진짜 하루도 빠짐없이 예뻤네.

너도 진짜 참 대단하다.

그러니까 너도 진짜 참 대단하게 예쁘다. 진짜 성실하게도 예쁘네.

아무리 생각해도, 진짜 어떻게 이렇게 예쁠 수 있는지 아직도 모르겠어.

진짜 어떻게 이렇게 예뻐?

새로운 한 해도 행복하게 잘 보내보자. 날씨 좋아졌다고 방심하지 말고 아직은 따뜻이 다니고, 겨울이 지나 다시 봄이 오면 여기저기서 예쁘게 피어날 꽃처럼 너도 새해에는 더 예쁘고 소중할 거야. 눈 뜨자마자 네 생각이 나서 네 걱정부터 하는 나도 있고, 뭐가 걱정이야. 그러니까 걱정이 된다면 더 소중하고 예쁠 걱정만 하자. 지난 한 해 동안 너와 함께해서 나는 정말 예쁜 일밖에 없었어. 너에게도 그랬으면 좋겠고, 새해에도 더 예쁘게 사랑하자. 그리고 요즘 결혼하자는 말 안 하니까 괜히 허전하고 서운하면서 또 기다려졌지? 그럴 거 알고 밀당 좀 해봤어. 근데 그거 왜 그런 줄 알아? 너도 나랑 함께했던 어제가 행복했던 거고, 함께한 오늘이, 함께할 내일이 소중하고 소중할 거기 때문에 그런 거야. 그러니까 너도 나랑 결혼해서 평생 같이 소중하고 예쁘고 싶어서 그런 거라고. 아닐 거 같지? 두고 봐. 내년에는 너도 결혼하자는 말 하게 될 테니까. 그러니까 새해에는 더 사랑할게. 정말 고맙고 고마웠고 정말 많이 사랑해. 그리고 올 한해 예쁘느라 정말 많이 수고했어요. 사랑해.

올 한해 예뻤던 것보다
내년에 더 예쁘고 소중할 너를
나는 내년에도
올해보다 더 예뻐하고 사랑해야지.
그러니까 내년에도 우리,
함께하면서 예쁘자.
너는 예쁘면서 예쁘고,
나는 예쁜 너와 함께하면서 예쁘고.
그렇게 알콩달콩, 예쁘고 소중하자.

그러니까 내년에도 함께하자고.
그 내년에도 함께하고, 그 내년 내년에도.
그러니까 평생 나랑 같이 예쁘자.
세상에서 네가 젤 예쁜 사람이 될 수 있게
내가 세상에서 젤 예뻐해 줄 테니까.
그러니까 올해보다 내년에 더 사랑해.

태 어 나 줘 서 고 마 워

이　　름 :

생 년 월 일 :

연 락 처 :

주　　소 :

그래서 오늘 하루는

뭐 하면서 예뻤어?

1판 1쇄 인쇄 ｜ 2019년 11월 08일
1판 3쇄 발행 ｜ 2023년 04월 10일

지은이 ｜ 김지훈

발행인 ｜ 김지훈
디자인 ｜ 김진영

발행처 ｜ (주)진심의꽃한송이
주소 ｜ (04074) 서울특별시 마포구 상수동 333-28번지 에프하우스 3층
대표전화 ｜ 02-337-8235 ｜ 팩스 ｜ 02-336-8235
등록 ｜ 2018년 8월 30일 제 2018-000066호